语文教材选篇作家作品
深度阅读系列

国际儿童读物联盟（IBBY）原主席
张明舟 / 主编

方 / 志 / 敏 / 爱 / 国 / 主 / 义 / 散 / 文

可爱的中国

方志敏 著

语文教材
选篇作家
方志敏

浙江教育出版社 · 杭州

主编的话

阅读是有力量的

阅读是有力量的，特别是课外阅读。这一点我有切身体会。44年前，我还是黑龙江省一个偏远小山村里的一名9岁学童。一个偶然的机会，我用捡拾垃圾换来的2角8分钱，买到了一本故事书——《小种子旅行记》。这本书讲述了一粒小种子立志到地角天边旅行的故事。书中描绘的大好河山和扣人心弦的故事情节深深地吸引了我，正是从这本书开始，我对阅读产生了浓厚的兴趣。由于条件所限，除了经常要到学期结束才能拿到手的语文课本，那时候我能找到的书很少很少。于是我尝试着阅读糊在泥墙上的旧报纸，不懂的地方就问爸爸、哥哥，因此认识了不少字，也了解了小山村外的许多新鲜事物。我对走出小山村，到地角天边去看看的愿望越来越强烈，学习的动力也越来越足。后来，哥哥给我买了《成语词典》等书籍，我被先贤们的外交智慧所折服，悄悄萌生了长大后做外交官的梦想。后来我才意识到，大量的阅读已经使我拥有了强大的自学能力，我越来越发现课外阅读是对课内学习的重要补充，甚至很大程度上弥补了乡村学校教学条件和教师教学水平的不足。一直在小山村读书，缺乏自信心的我，竟然以全县第一名的成绩考入高中，后来又以优异的成绩考入上海外国语大学，毕业后被外交部录用，成了一名职业外交官。2002年开始，我积极参与国际儿童读物联盟（IBBY）工作，支持该国际组织在世界各地的公益项目，并推动其与其他国际组织建立合作关系。2018年，我当选该国际组织主席，成为改革开放以来为数不多的在国际组织担任最高领导人的中国人。在与各国同行交流的过程中，我发现很多人都是因为少年儿童时期的阅读，而养成了良好的阅读和学习习惯并受益终身。

优秀的儿童读物应是既有趣又有营养的。有效率的阅读，更应该是精读和泛读的结合。统编语文教材在知识点的准确性上，特别是在语言和文学两方面综合评估上，对每一篇入选文章都进行了反复考证，体现了编写团队的专业水平和集体智慧。这套“语文教材选篇作家作品深度阅读系列”的每一位作者，都是统编语文教材的选篇作家。翻开孩子们每天相伴的语文课本，就能找到他们的名字。这些作家的作品，囊括了小说、散文、童话、诗歌、科普文章等各种文学体裁。

入选教材的作品都是精品中的精品，然而受课本容量所限，有些文章在收入教材时，篇幅不得不做了删减，在这套书里读者可以找到原作全文；有些课文，其实是系列作品的局部，在这套书里可以找到它的上下文和前后故事；还有些课文，作者著有多篇同体裁、同类型的作品，可以作为课外拓展阅读。学生通过对语文课文的精读，和对语文教材选篇作家系列作品的泛读——对照阅读、大量阅读，既可以更深入地理解课文内容，又可以感受其作品的独特魅力，培养更加敏锐的感受力和表达能力。

当然，除了学生自主阅读，这套书还可以和语文课堂教学配合使用。教师在讲解某一篇课文时，这套书可以作为“资料库”，丰富和拓展课堂教学内容。

让孩子们在课堂上和学习之余，在合适的时间与合适的图书相遇，引导他们从阅读中收获无穷乐趣、吸收无限养分，学会阅读，爱上阅读，成为终身的阅读者和学习者，是这套“语文教材选篇作家作品深度阅读系列”的出版目的，也是出版社和数十位教材选篇作家的共同心愿。

张明舟

2021年11月30日于北京

目录

在狱致全体同志书

赣东北，闽北，皖赣，皖南各负责同志并转全体同志：

亲爱的同志们！关于我们这次失败的原因、经过，以及我们入狱的愧悔交集，在别的文件上已经说明了，不再赘述。现向同志们贡献的有下列意见：

一、我在狱中细思赣东北苏区的发展与红军的胜利，所以落后于中央苏区和川陕苏区的原因，实不能不归咎于右倾保守主义。在一九三一、一九三二、一九三三，三个整个年中，赣东北苏区的环境是相当的顺利，极有利于大发展。然而这三年中，不但没有发展，且缩小了一部分。红军的胜利，也极不够。其原因，就是党的领导存在着右倾保守主义的错误。对于白区工作，没有予以极大的注意，没有遣派得力干部，没有严厉揭发白区工作的右倾错误与加紧指导和督促。红军则尽在苏区作战，没有大胆到白区去进行极大的战争（红十军第二次进闽北，是冲破保守主义而在白区进行较大战争，就得了很大的胜利），自然损失了不少伟大胜利的机会。而各县独立营和游击队，多是晚出早归，不能在白区进行多时间的游击战。当时苏区周围的白区，是异常空虚，群众是异常的要求革命，而我们的目光只看到苏区以内，极

端缺乏向外积极发展的精神，较之一九二八、一九二九年的进取精神，都有逊色。宏义同志到赣东北后，对于右的富农路线、“左”的立三路线以及其他政治上错误的观点，都给了正确的纠正，但对于保守主义不但未有揭发，而且不自觉的多方掩护自己的与党内一般同志的保守主义的观点，使他在党内成为对外发展的阻碍。在一九三一年末，红十军领导者的右倾，已经十分明显，当时省委给其纠正，也极不够。中央几次批评赣东北党右倾错误的指示信，都没有虚心的接受和讨论，这不能不是党的重大损失（宏义同志压制党内自我批评错误，过去是很明显的）。中央一九三三年七月的指示信到后（十一月才接到），党内才开始了反右倾保守主义的斗争。皖赣皖南新苏区的创造与游击战争的开展，明显的是赣东北党执行了中央指示信的结果。一九三四年，正当着敌人五次围剿，苏区周围的封锁线渐次造成，给对外发展不少的困难。回思一九三四年前三年，确实深感着那时错失了许多有利发展的机会。就是这次红十军的失利，固然主要是我们领导上的错误和无能，但是进一步追问，则保守主义且是这次失败的远因。因过去对皖南工作的忽视，以致红十军在皖南行动，没有得到当地党和群众有力的帮助，不能得到一个整天的休息（当然主要没有取得战争的胜利），因而折回苏区，受到失败。故我希望同志们谨记取过去血的经验及教训，时时注意加紧反右倾保守主义的斗争，积极向外发展，积极扩大和加强红军，积极扩大进行游击战争，用尽一切力量创造起新苏区。在中国革命形势更加发展的将来，将成为夺取京、沪、杭中心城市的红军根据地，意义是非常伟大的。

二、关于红军工作，我觉得过去赣东北的党是注意不够。对于创造铁的红军任务的重要性，还有认识不够的地方。因而党的力量分配，红军方面之比重，是嫌轻了一点，与中央对于红军干部的提选和分配比较起来，可以说我们没有照着中央一样做的。举例来说，红军第五分校，是赣东北创造红军干部唯一的机关，而省委负责同志，简直没有人去担任功课，就是每星期日，也没有人去讲演。这种忽视培养红军干部的错误，也是红军发展落后的一大原因。关于红军政治工作，我们过去做得不够。红七军因过去政治工作也做得不很好，特别是政治工作人员与战斗员有时有隔膜，并且有时态度不亲爱和缺乏耐性，因此，在皖南行动时，我曾向刘英和乐少华同志建议，要严格检察自己政治工作方法优点和缺点，积极发扬其优点，改正其缺点。特别在白区长期作战过程中，战斗员的疲乏与个别的悲观失望是不可免的，必须有刻苦的耐劳的政治工作，以提高其勇气及胜利信心（但须注意对形势严重性的估计不足）。坚决反对没有时间进行工作的观点，要有废餐忘寝的工作精神去做。这次在皖南行动，我们固不能说是不疲劳，然而领导者（是要由我负责）没有及时打击“没有时间进行工作”的观点。我与全军军政人员大家缺乏拼死命的工作精神，去利用行军休息一分一刻钟时间进行政治工作，加紧战斗员的教育和鼓动，甚至有一时期，军中党的工作陷于停顿状态，这是多么严重的一个错误呵！此外赣东北的谍报工作，始终没有很好的建立起来。这对于红军的胜利，可说是极大的损失！同志们！过去我们若能有很好的谍报工作，我红十军要打多少伟大胜利的仗呵！只要想起敌人第九师百余只运械船之未被全截到（那次运械船，若截到则红军发展将有另一种形势）与去年五五，五六，浙保卫师未予以及时打击，至今尚甚痛心。所以我希望同志们：

（一）以后要分配最好的力量去做红军工作；在国内战争中，党的中心任务是组织锻炼铁的红军，取得战争胜利！

（二）对红军干部的培养，党要十分用力！

（三）所有党员，特别是领导干部，要加紧学习军事知识，学习战略战术，同时要大胆的到前线领导战争，绝对不能让一个领导者成为一个军事的门外汉。

（四）各地党部（只要领导红军的）都要设法购置或收缴无线电机，用极大力量打入敌人的机关中侦察消息，建立健全的谍报工作。

三、赣东北群众工作，我认为在全国苏区中不是落后的，而且有许多地方可为模范，可为其他苏区取效的。即此次主力红军西征，江西福建苏区的群众，就不及赣东北群众斗争的坚持；赣东北群众革命的忠诚，对革命领导同志的爱护与在斗争中的刻苦和顽强，都是值得赞美的。这次敌人与我谈话，认为赣东北群众“匪化”太深与受共党的麻醉太大，无法收拾。这并不是赣东北群众有什么特殊性，主要的是由于党的群众工作之深入和刻苦。这种群众工作作风，应予以不断的发扬和发展。我希望同志们更加深入群众，与群众打成一片，十分艰苦耐劳地教育群众，坚决的站在群众前面，领导群众斗争！

四、赣东北肃反工作，固然获得了胜利，但其中严重的错误，却也不少。在一九三二年的肃反斗争中，很明显的我们是犯了“肃反中心论，肃反扩大论的简单化”的错误。同时，是当时我们未免过分赞扬自己的成绩，不愿意也不敢去检查一下自己的错误，一直到去年，在赣东北党的文件上，还没有明白承认过去肃反中的错误。当时若有附带的责备到一些，我坚决的向同志们说，在这几年的肃反运动中，特别在一九三二年，我们确实是错处分了一部分人，错捉了一部分人。赣东北有没有隐藏反革命分子呢？无疑义是有的，但没有那么多。有没有反革命的组织呢？无疑义的是有的，但没有那么庞大。这是因为党和苏维埃的政治力量和威信与工农群众的觉悟和组织，都要寒反革命派之胆，而阻止和阻碍其发展（如弋阳反革命之组织只发展了三人），没有党、团或苏维埃中下级干部，会轻易加入反革命组织的。因为我们保卫局工作之不十分健全，真的反革命派，确有些漏网（如闽北）；同时，有一部分革命同志，确有过无辜受祸的。我屡次向同志们说，过去肃反工作有错误，致有同志疑我对肃反不坚决或缺乏阶级警觉性。实际上，我痛恨反革命派极为深刻。同时，我时常和我共同工作的同志们注意肃反，就在今天，我们不能丝毫放松肃反工作，而且要依着形势的发展而更加紧肃反工作，对反革命是要采取最严厉最断然的手段的；我们反对的，只是过分夸大反革命的力量，蔑视党和苏维埃政治力量和威信，对同志之不信任和多怀疑，易下判断以及不去努力收集确证；这些都是要不得的。肃反的错误，会造成群众间的恐慌与干部的消极和不安。同时也在不自觉中损失了工作干部，我想我们在这方面无形损失，也是不小的。错放一个反革命分子与错处分一个革命同志，其损害党和革命利益是同样的。

五、赣东北白军士兵运动的成绩是极端不够的。红军胜利不够，固然影响到兵运成绩，但主要的，还是过低估计了白军士兵革命的积极性，与过分估计白军组织中的白色恐怖，结果只能在外面宣传，而很少派得力同志到内部活动。实际上，以我这次的经验来说，白军士兵生活之痛苦，是已到极点。因“刮”民党的财政破产，对士兵的薪饷一再扣减。例如军法处看守所的卫兵，是江西保安队第二团之一连士兵，每天要站八小时的岗，一个月连伙食房子只得两元大洋。每站一小时的岗，只得两个半铜元，南昌生活程度如是之高，这一月两元，到底拿来买鞋还是买香烟?！所以士兵都心怀不满，口出怨言，开小差的，差不多天天都有。在前线作战的军队生活更苦，尤其是在作战外，还要修路造碉堡，这里面只要有人打进去稍作活动，就可以激成兵变和起义。可惜我们竟无人打入，坐令士兵们的不满，只能向着开小差的一条路上走。再则白军士兵亦极易接近。如我虽是一个重囚，找他们谈话时，他们都很和蔼可亲的来和我谈，自生活问题谈到革命问题。他们之中很多被红军俘虏过，到过苏区，都众口同辞的说，苏区好，红军好，很容易结成朋友。我向同志们建议：

（一）要训练一批得力同志到白军内当兵，从内部进行活动最为有力。到白军去当兵的同志，一定要经过充分的训练。

（二）组织白军驻地能接近白军的群众，使其进行兵运。

例如筑有碉堡的地方，只要有可靠群众，其守兵是不难运动的。只有运动守兵使其哗变，才能粉碎敌人碉堡政策，以恢复苏区。

（三）对于白军俘虏以后，还要十分优待，加紧教育他们，并与他们发生一种友谊的或带封建性组织的关系，使他们出来不致忘掉苏区。这次我们更感觉到优待俘虏工作之极端重要性。

（四）掩枪来归者须给钱，并加以训练，除留用外，须派出来进行兵运，此项工作做得好，兵运极易收效。总之，要严格与不做兵运工作或以兵运工作做不出什么成绩的观点作斗争。同时，对于俘虏兵须大胆留用，不要怕惧，只要政治工作做得好与待遇适当，俘虏兵决不致有损害于红军。要打破过去对俘虏兵机会主义过低的估计与畏怕心！

六、怕做城市工作与城市工作之无成绩，恐怕是赣东北党最显著的弱点了。有些同志对于城市的白色恐怖过分估计，好像敌人是千耳千眼，不但不能活动，且不可一日居住，这完全是错误的。只要这个同志有相当城市生活的经验，找到适当的职业以为掩护，有相当够用的经费，加上同志的刻苦工作和注意秘密工作的技术，城市工作的成绩是可预期获得的。无论工人运动，农民运动，士兵运动，学生运动都可以做出成绩来。现在到处人心惶惶，除一部分特别反动的地主资本家和法西斯匪徒外，谁会留恋于万恶的“刮”民党统治，谁不心怀愤恨和激怒，不过因无人领导，表面上是归于沉寂而已。我希望同志们火速训练一批城市工作人员出来。选择一部分斗争较久，有工作能力的干部，给以充分训练，派去城市工作，并经常予以指导和检查，必能获效。严格与忽视城市工作的倾向作斗争！

七、训练干部的工作，是更加重要。过去赣东北所办的党校，成绩较小。主要原因，我认为由于理论与实际之不相联系的教授方法，有很多缺点；而校中负责人，又多是兼职，不能专心于校中的教育工作。教员钟点到了上课，下课就走了。对于校内的思想斗争，理论和实际工作的讨论，少有得力同志去参加指导。我提议：

（一）在目前环境之下，想安稳办党校是不可能，只能开少数人短期训练班或各种会议进行教育工作。将目前发生各种实际问题拿来与党的理论，党的决议联系起来说明和解释，这样来提高同志的能力。

（二）多注意日常实际问题的解决方法，应多解释和指导，以增长他们工作能力及斗争经验。

（三）更加广泛深入地开展党内思想斗争和政治教育，积极提高党内同志政治理论的水平线。

（四）我诚恳的盼望同志十分努力训练出一千个新的工

农干部，以填补我们这次失利的损失。

八、在敌人造碉堡推进苏区环境之下，又加我们这次失利的环境影响，斗争条件将更加艰苦，不亚于一九二八、一九二九年时候。但我坚决相信，久经战斗的你们，以及在你们领导之下的各地同志，定能胜任这艰苦战斗任务的，并能在百折不挠的战斗中，终于要战胜敌人的！我希望同志们在这革命大转变的关键，大家都要咬紧牙关，不怕困难，不怕危险，不怕劳苦，发扬布尔塞维克最高的积极性、顽强性、坚持性，务要完全消灭敌人，为被日寇和法西斯“刮”民党屠杀的同志们复仇，为争得全中国人民的民族解放和社会解放而奋斗。

同志们！亲爱的同志们！我是不能再与你们共同奋斗了，我是如何的惭愧着和难过呵！我上面所说的意见，都是我最近感触到，当然里面免不了有错误。说错了请你们批评，说对了的，请你们执行。我们虽囚狱中，但我们的脑中，仍是不断的思念着同志们的奋斗精神，总祈祷着你们的胜利和成功！我直到现在，革命热诚仍和从前一样。我正在进行越狱的活动。我想，我若能越狱出来，我将用我最高的努力去创造新苏区和新红军，以恢复这次损失！同志们！越狱恐难可能（主要的是无外援），那时只有慷慨的就死了！我不能完成的工作责任，只有加重到同志们的肩头上了！同志们！十分亲爱的同志们！永别了！请你们努力吧！我这次最感痛苦的，就是失却了为党努力的机会。你们要认识：你们能够为党工作，为党斗争，那是十分宝贵的。我与刘（刘畴西）、王（王如痴）、曹（曹仰山）同志等都是敌人刀口下的人了，是再也想不到为党拼命工作的机会了。这是无可奈何的！我能丢弃一切，惟革命事业，却耿耿在怀，不能丢却！同志们：十分亲爱的同志们！请你们经常记起你们多年在一起奋斗的战友们之惨死，提起奋勇的精神，将死敌的日本帝国主义赶快赶走吧，将万恶的国民党统治赶快推翻吧！谨向你们及你们领导下的红军和工农群众致热烈的革命敬礼!!

是你们诚挚的战友

于一九三五年四月二十写成

六月十九日密写

可爱的中国

这是一间囚室。

这间囚室，四壁都用白纸裱糊过，虽过时已久，裱纸变了黯黄色，有几处漏雨的地方，并起了大块的黑色斑点；但有日光照射进来，或是强光的电灯亮了，这室内仍显得洁白耀目。对天空开了两道玻璃窗，光线空气都不算坏。对准窗子，在室中靠石壁放着一张黑漆色长方书桌，桌上摆了几本厚书和墨盒茶盅。桌边放着一把锯短了脚的矮竹椅；接着竹椅背后，就是一张铁床；床上铺着灰色军毯，一床粗布棉被，折叠了三层，整齐的摆在床的里沿。在这室的里面一角，有一只未漆的未盖的白木箱摆着，木箱里另有一只马桶躲藏在里面，日夜张开着口，承受这室内囚人每日排泄下来的秽物。在白木箱前面的靠壁处，放着一只蓝磁的痰盂，它像与马桶比赛似的，也是日夜张开着口，承受室内囚人吐出来的痰涕与丢下去的橘皮蔗渣和纸屑。骤然跑进这间房来，若不是看到那只刺目的很不雅观的白方木箱，以及坐在桌边那个钉着铁镣一望而知为囚人的祥松，或者你会认为这不是一间囚室，而是一间书室了。

的确，这是关在这室内的祥松，也认为比他十年前在省城读书时所住的学舍的房间要好一些。

这是看守所优待号的一间房。这看守所分为两部，一部是优待号，一部是普通号。优待号是优待那些在政治上有地位或是有资产的人们。他们因各种原因，犯了各种的罪，也要受到法律上的处罚；而他们平日过的生活以及他们的身体，都是不能耐住那普通号一样的待遇；把他们也关到普通号里去，不要一天两天，说不定都要生病或生病而死，那是万要不得之事。故特辟优待号让他们住着，无非是期望着他们趁早悔改的意思。所以与其说优待号是监狱，或者不如说是休养所较为恰切些，不过是不能自由出入罢了。比较那潮湿污秽的普通号来，那是大大的不同。在普通号吃苦生病的囚人，突然看到优待号的清洁宽敞，心里总不免要发生一个是天堂，一个是地狱之感。

因为祥松是一个重要的政治犯，官厅为着要迅速改变他原来的主义信仰，才将他从普通号搬到优待号来。

祥松前在普通号，有三个同伴同住，谈谈讲讲，也颇觉容易过日。现在是孤零一人，镇日坐在这囚室内，未免深感寂寞了。他不会抽烟，也不会喝酒，想借烟来散闷，酒来解愁，也是做不到的。而能使他忘怀一切的，只有读书。他从同号的难友处借了不少的书来，他原是爱读书的人，一有足够的书给他读读看看，就是他脚上钉着的十斤重的铁镣也不觉得它怎样沉重压脚了。尤其在现在，书好像是医生手里止痛的吗啡针，他一看起书来，看到津津有味处，把他精神上的愁闷与肉体上的苦痛，都麻痹地忘却了。

到底他的脑力有限，接连看了几个钟头的书，头就会一阵一阵的胀痛起来，他将一双肘节放在桌上，用两掌抱住胀痛的头，还是照旧看下去，一面咬紧牙关自语："尽你痛！痛！再痛！脑溢血，晕死去罢！"直到脑痛十分厉害，不能再耐的时候，他才丢下书本，在桌边站立起来。或是向铁床上一倒，四肢摊开伸直，闭上眼睛养养神；或是在室内从里面走到外面，又从外面走到里面的踱着步；再或者站在窗口望着窗外那么一小块沉闷的雨天出神；也顺便望望围墙外那株一半枯枝，一半绿叶的柳树。他一看到那一簇浓绿的柳叶，他就猜想出遍大地的树木，大概都在和暖的春风吹嘘中，长出艳绿的嫩叶来了—— 他从这里似乎得到一点儿春意。

他每天都是这般不变样地生活着。

今天在换班的看守兵推开门来望望他—— 换班交代最重要的一个囚人—— 的时候，却看到祥松没有看书，也没有踱步，他坐在桌边，用左手撑住头，右手执着笔在纸上边写边想。祥松今天似乎有点什么感触，要把它写出来。他在写些什么呢？啊！他在写着一封给朋友们的信。

亲爱的朋友们：

我终于被俘入狱了。

关于我被俘入狱的情形，你们在报纸上可以看到，知道大概，我不必说了。我在被俘以后，经过绳子的绑缚，经过钉上粗重的脚镣，经过无数次的拍照，经过装甲车的押解，经过几次群众会上活的示众，以至关入笼子里，这些都像放映电影一般，一幕一幕的过去！我不愿再去回忆那些过去了的事情，回忆，只能增加我不堪的羞愧和苦恼！我也不愿将我在狱中的生活告诉你们。朋友，无论谁入了狱，都得感到愁苦和屈辱，我当然更甚，所以不能告诉你们一点什么好的新闻。我今天想告诉你们的却是另外一个比较紧要的问题，即是关于爱护中国、拯救中国的问题，你们或者高兴听一听我讲这个问题罢。

我自入狱后，有许多人来看我；他们为什么来看我，大概是怀着到动物园里去看一只新奇的动物一样的好奇心罢？他们背后怎样评论我，我不能知道，而且也不必一定要知道。就他们当面对我讲的话，他们都承认我是一个革命者；不过他们认为我只顾到工农阶级的利益，忽视了民族的利益，好像我并不是热心爱中国爱民族的人。朋友，这是真实的话吗？工农阶级的利益，会是与民族的利益冲突吗？不，绝不是的，真正为工农阶级谋解放的人，才正是为民族谋解放的人，说我不爱中国不爱民族，那简直是对我一个天大的冤枉了。

我很小的时候，在乡村私塾中读书，无知无识，不知道什么是帝国主义，也不知道帝国主义如何侵略中国，自然，不知道爱国为何事。以后进了高等小学读书，知识渐开，渐渐懂得爱护中国的道理。一九一八年爱国运动波及到我们高小时，我们学生也开起大会来了。

在会场中，我们几百个小学生，都怀着一肚子的愤恨，一方面痛恨日本帝国主义无餍的侵略，另一方面更痛恨曹（曹汝霖）、章（章宗祥）等卖国贼的狗肺狼心！就是那些年青的教师们（年老的教师们，对于爱国运动，表示不甚关心的样子），也和学生一样，十分激愤。宣布开会之后，一个青年教师跑上讲堂，将日本帝国主义提出的灭亡中国的廿一条，一条一条地边念边讲。他的声音由低而高，渐渐地吼叫起来，脸色涨红，渐而发青，颈子胀大得像要爆炸的样子，满头的汗珠子，满嘴唇的白沫，拳头在讲桌上捶得嘭嘭响。听讲的我们，在这位教师如此激昂慷慨的鼓动之下，哪一个不是鼓起嘴巴，睁大着眼睛——每对透亮的小眼睛，都是红红的像要冒出火来；有几个学生竟流泪哭起来了。朋友，确实的，在这个时候，如果真有一个日本强盗或是曹、章等卖国贼的哪一个站在我们的面前，那怕不会被我们一下打成肉饼！会中，通过抵制日货，先要将各人身边的日货销毁去，再进行检查商店的日货，并出发对民众讲演，唤起他们来爱国。会散之后，各寝室内扯抽屉声，开箱笼声，响得很热闹，大家都在急忙忙地清查日货呢。

“这是日货，打了去！”一个玻璃瓶的日本牙粉扔出来了，扔在阶石上，立即打碎了，淡红色的牙粉，飞洒满地。

“这也是日货，踩了去！”一只日货的洋磁脸盆，被一个学生倒仆在地上，猛地几脚踩凹下去，磁片一片片地剥落下来，一脚踢出，磁盆就像含冤无诉地滚到墙角里去了。

“你们大家看看，这床席子大概不是日本货吧？”一个学生双手捧着一床东洋席子，表现很不能舍去的样子。

大家走上去一看，看见席头上印了“日本制造”四个字，立刻同声叫起来：

“你的眼睛瞎了，不认得字？你舍不得这床席子，想做亡国奴?!”不由分说，大家伸出手来一撕，那床东洋席，就被撕成碎条了。

我本是一个苦学生，从乡间跑到城市里来读书，所带的铺盖用品都是土里土气的，好不容易弄到几个钱来，买了日本牙刷，金刚石牙粉，东洋脸盆，并也有一床东洋席子。我明知销毁这些东西，以后就难得钱再买，但我为爱国心所激动，也就毫无顾惜地销毁了。我并向同学们宣言，以后生病，就是会病死了，也决不买日本的仁丹和清快丸。

从此以后，在我幼稚的脑筋中，做了不少的可笑的幻梦；我想在高小毕业后，即去投考陆军学校，以后一级一级的升上去，带几千兵或几万兵，打到日本去，踏平三岛！我又想，在高小毕业后，就去从事实业，苦做苦积，那怕不会积到几百万几千万的家私，一齐拿出来，练海陆军，去打东洋。读西洋史，一心想做拿破仑；读中国史，一心又想做岳武穆。这些混杂不清的思想，现在讲出来，是会惹人笑痛肚皮！但在当时我却认为这些思想是了不起的真理，愈想愈觉得津津有味，有时竟想到几夜失眠。

一个青年学生的爱国，真有如一个青年姑娘初恋时那样的真纯入迷。

朋友，你们知道吗？我在高小毕业后，既未去投考陆军学校，也未从事什么实业，我却到N城来读书了。N城到底是省城，比县城大不相同。在N城，我看到了许多洋人，遇到了许多难堪的事情，我讲一两件给你们听，可以吗？

只要你到街上去走一转，你就可以碰着几个洋人。当然我们并不是排外主义者，洋人之中，有不少有学问有道德的人，他们同情于中国民族的解放运动，反对帝国主义对中国的压迫和侵略，他们是我们的朋友。只是那些到中国来赚钱，来享福，来散播精神的鸦片——传教的洋人，却是有十分的可恶的。他们自认为文明人，认我们为野蛮人，他们是优种，我们却是劣种；他们昂头阔步，带着一种藐视中国人、不屑与中国人为伍的神气，总引起我心里的愤愤不平。我常想："中国人真是一个劣等民族吗？真该受他们的藐视吗？我不服的，决不服的。"

有一天，我在街上低头走着，忽听得"站开！站开！"的喝道声。我抬头一望，就看到四个绿衣邮差，提着四个长方扁灯笼，灯笼上写着"邮政管理局长"几个红扁字，四人成双行走，向前喝道；接着是四个徒手的绿衣邮差；接着是一顶绿衣大轿，四个绿衣轿夫抬着；轿的两旁，各有两个绿衣邮差扶住轿杠护着走；轿后又是四个绿衣邮差跟着。我再低头向轿内一望，轿内危坐着一个碧眼黄发高鼻子的洋人，口里衔着一枝大雪茄，脸上露出十足的傲慢自得的表情。"啊！好威风呀！"我不禁脱口说出这一句。邮政并不是什么深奥巧妙的事情，难道一定要洋人才办得好吗？中国的邮政，为什么要给外人管理去呢？

随后，我到K埠读书，情形更不同了。在K埠的所谓租界上，我们简直不能乱动一下，否则就要遭打或捉。在中国的地方，建起外人的租界，服从外人的统治，这种现象不会有点使我难受吗？

有时，我站在江边望望，就看见很多外国兵舰和轮船在长江内行驶和停泊，中国的内河，也容许外国兵舰和轮船自由行驶吗？中国有兵舰和轮船在外国内河行驶吗？如果没有的话，外国人不是明白白欺负中国吗？中国人难道就能够低下头来活受他们的欺负不成？！

就在我读书的教会学校里，他们口口声声传那“平等博爱”的基督教；同是教员，又同是基督信徒，照理总应该平等待遇；但西人教员，都是二三百元一月的薪水，中国教员只有几十元一月的薪水；教国文的更可怜，简直不如去讨饭，他们只有廿余元一月的薪水。朋友，基督国里，就是如此平等法吗？难道西人就真是上帝宠爱的骄子，中国人就真是上帝抛弃的下流的瘪三？！

朋友，想想看，只要你不是一个断了气的死人，或是一个甘心亡国的懦夫，天天碰着这些恼人的问题，谁能按下你不挺身而起，为积弱的中国奋斗呢？何况我正是一个血性自负的青年！

朋友，我因无钱读书，就漂流到吸尽中国血液的唧筒——上海来了。最使我难堪的，是我在上海游法国公园的那一次。我去上海原是梦想着找个半工半读的事情做做，那知上海是人浮于事，找事难于登天，跑了几处，都毫无头绪，正在纳闷着，有几个穷朋友，邀我去游法国公园散散闷。一走到公园门口就看到一块刺目的牌子，牌子上写着“华人与狗不准进园”几个字。这几个字射入我的眼中时，全身突然一阵烧热，脸上都烧红了。这是我感觉着从来没有受过的耻辱！在中国的上海地方让他们造公园来，反而禁止华人入园，反而将华人与狗并列。这样无理的侮辱华人，岂是所谓“文明国”的人们所应做出来的吗？华人在这世界上还有立足的余地吗？还能生存下去吗？我想至此也无心游园了，拔起脚就转回自己的寓所了。

朋友，我后来听说因为许多爱国文学家著文的攻击，那块侮辱华人的牌子已经取去了。真的取去了没有？还没有取去？朋友，我们要知道，无论这块牌子取去或没有取去，那些以主子自居的混蛋的洋人，以畜生看待华人的观念，是至今没有改变的。

朋友，在上海最好是埋头躲在鸽子笼里不出去，倒还可以静一静心！如果你喜欢向外跑，喜欢在“国中之国”的租界上去转转，那你不仅可以遇着“华人与狗”一类的难堪的事情，你到处可以看到高傲的洋大人的手杖，在黄包车夫和苦力的身上飞舞；到处可以看到饮得烂醉的水兵，沿街寻人殴打；到处可以看到巡捕手上的哭丧棒，不时在那些不幸的人们身上乱揍；假若你再走到所谓“西牢”旁边听一听，你定可以听到从里面传出来在包探捕头拳打脚踢毒刑毕用之下的同胞们一声声呼痛的哀音，这是他们利用治外法权来惩治反抗他们的志士！半殖民地民众悲惨的命运啊！中国民族悲惨的命运啊！

朋友，我在上海混不出什么名堂，仍转回K省来了。

我搭上一只J国轮船。在上船之前，送行的朋友告诉我在J国轮船，确要小心谨慎，否则船上人不讲理的。我将他们的忠告，谨记在心。我在狭小拥挤、汗臭屁臭、蒸热闷人的统舱里，买了一个铺位。朋友，你们是知道的，那时，我已患着很厉害的肺病，这统舱里的空气，是极不适宜于我的；但是，一个贫苦学生，能够买起一张统舱票，能够在统舱里占上一个铺位，已经就算是很幸事了。我躺在铺位上，头在发昏晕！等查票人过去了，正要昏迷迷的睡去，忽听到从货舱里发出可怕的打人声及喊救声。我立起身来问茶房什么事，茶房说，不要去理它，还不是打那些不买票的穷蛋。我不听茶房的话，拖着鞋向那货舱走去，想一看究竟。我走到货舱门口，就看见有三个衣服褴褛的人，在那堆叠着的白糖包上蹲伏着。一个是兵士，二十多岁，身体健壮，穿着一件旧军服。一个像工人模样，四十余岁，很瘦，似有暗病。另一个是个二十余岁的妇人，面色粗黑，头上扎一块青布包头，似是从乡下逃荒出来的样子。三人都用手抱住头，生怕头挨到鞭子，好像手上挨几下并不要紧的样子。三人的身体，都在战栗着。他们都在极力将身体紧缩着，好像想缩小成一小团子或一小点子，那鞭子就打不着那一处了。三人挤在一个舱角里，看他们的眼睛，偷偷地东张西望的神气，似乎他们在希望着就在屁股底下能够找出一个洞来，以便躲进去避一避这无情的鞭打，如果真有一个洞，就是洞内满是屎尿，我想他们也是会钻进去的。在他们对面，站着七个人，靠后一点，站着一个较矮的穿西装的人，身体肥胖得很，肚皮膨大，满脸油光，鼻孔下蓄了一小绺短须。两手叉在裤袋里，脸上浮露一种毒恶的微笑，一望就知道他是这场鞭打的指挥者。其余六个人，都是水手茶房的模样，手里拿着藤条或竹片，听取指挥者的话，在鞭打那三个未买票偷乘船的人们。

“还要打！谁叫你不买票！”那肥人说。

他话尚未说断，那六个人手里的藤条和竹片，就一齐打下。“还要打！”肥人又说。藤条竹片又是一齐打下。每次打下去，接着藤条竹片的着肉声，就是一阵“痛哟！”令人酸鼻的哀叫！这种哀叫，并不能感动那肥人和几个打手的慈心，他们反而哈哈地笑起来了。

“叫得好听，有趣，多打几下！”那肥人在笑后命令地说。

那藤条和竹片，就不分下数地打下，“痛哟！痛哟！饶命呵！”的哀叫声，就更加尖锐刺耳了！

“停住！去拿绳子来！”那肥人说。

那几个打手，好像耍熟了把戏的猴子一样，只听到这句话，就晓得要做什么。马上就有一个跑去拿了一捆中粗绳子来。

“将他绑起来，抛到江里去喂鱼！”肥人指着那个兵士说。

那些打手一齐上前，七手八脚的将那兵士从糖包上拖下来，按倒在舱面上，绑手的绑手，绑脚的绑脚，一刻儿就把那兵士绑起来了。绳子很长，除缚结外，还各有一长段拖着。

那兵士似乎入于昏迷状态了。

那工人和那妇人还是用双手抱住头，蹲在糖包上发抖战，那妇人的嘴唇都吓得变成紫黑色了。

船上的乘客，来看发生什么事体的，渐来渐多，货舱门口都站满了，大家脸上似乎都有一点不平服的表情。

那兵士渐渐地清醒过来，用不大的声音抗议似的说：

“我只是无钱买船票，我没有死罪！”

啪的一声，兵士的面上挨了一巨掌！这是打手中一个很高大的人打的。他吼道：“你还讲什么？像你这样的狗东西，别说死一个，死十个百个又算什么！”

于是他们将他搬到舱沿边，先将他手上和脚上两条拖着的绳子，缚在船沿的铁栏杆上，然后将他抬过栏杆向江内吊下去。人并没有浸入水内，离水面还有一尺多高，只是仰吊在那里。被轮船激起的江水溅沫，急雨般打到他面上来。

那兵士手脚被吊得彻心彻骨的痛，大声哀叫。

那几个魔鬼似的人们，听到了哀叫，只是“好玩！好玩！”的叫着跳着作乐。

约莫吊了五六分钟，才把他拉上船来，向舱板上一摔，解开绳子，同时你一句我一句地说着：“味道尝够了吗？”“坐白船没有那么便宜的！”“下次你还买不买票？”“下次你还要不要来尝这辣味儿？”“你想错了，不买票来偷搭外国船！”那兵士直硬硬地躺在那里，闭上眼睛，一句话也不答，只是左右手交换地去摸抚那被绳子嵌成一条深槽的伤痕，两只脚也在那吊伤处交互揩擦。

“打！”我气愤不过，喊了一声。

“谁喊打？”肥人圆睁着那凶眼望着我们威吓地喝。

“打！”几十个人的声音，从站着观看的乘客中吼了出来。

那肥人有点惊慌了，赶快移动脚步，挺起大肚子走开，一面急忙地说：

“饶了他们三个人的船钱，到前面码头赶下船去！”

那几个打手齐声答应“是”，也即跟着肥人走去了。

“真是灭绝天理良心的人，那样的虐待穷人！”“狗养的好凶恶！”“那个肥大头可杀！”“那几个当狗的打手更坏！”“咳，没有捶那班狗养的一顿！”在观看的乘客中，发生过一阵嘈杂的愤激的议论之后，都渐次散去，各回自己的舱位去了。

我也走回统舱里，向我的铺位上倒下去，我的头像发热病似的胀痛，我几乎要放声痛哭出来。

朋友，这是我永不能忘记的一幕悲剧！那肥人指挥着的鞭打，不仅是鞭打那三个同胞，而是鞭打我中国民族，痛在他们身上，耻在我们脸上！啊！啊！朋友，中国人难道真比一个畜生都不如了吗？你们听到这个故事，不也很难过吗？

朋友，以后我还遇着不少的像这一类或者比这一类更难堪的事情，要说，几天也说不完，我也不忍多说了。总之，半殖民地的中国，处处都是吃亏受苦，有口无处诉。但是，朋友，我却因每一次受到的刺激，就更加坚定为中国民族解放奋斗的决心。我是常常这样想着，假使能使中国民族得到解放，那我又何惜于我这一条蚁命！

朋友！中国是生育我们的母亲。你们觉得这位母亲可爱吗？我想你们是和我一样的见解，都觉得这位母亲是蛮可爱蛮可爱的。以言气候，中国处于温带不十分热，也不十分冷，好像我们母亲的体温，不高不低，最适宜于孩儿们的偎依。以言国土，中国土地广大，纵横万数千里，好像我们的母亲是一个身体魁大、胸宽背阔的妇人，不像日本姑娘那样苗条瘦小。中国许多有名的崇山大岭，长江巨河，以及大小湖泊，岂不象征着我们母亲丰满坚实的肥肤上之健美的肉纹和肉窝？中国土地的生产力是无限的；地底蕴藏着未开发的宝藏也是无限的；废置而未曾利用起来的天然力，更是无限的，这又岂不象征着我们的母亲，保有着无穷的乳汁，无穷的力量，以养育她四万万的孩儿？我想世界上再没有比她养得更多的孩子的母亲吧。至于说到中国天然风景的美丽，我可以说，不但是雄巍的峨嵋，妩媚的西湖，幽雅的雁荡，与夫“秀丽甲天下”的桂林山水，可以傲睨一世，令人称羡；其实中国是无地不美，到处皆景，自城市以至乡村，一山一水，一丘一壑，只要稍加修饰和培植，都可以成流连难舍的胜景；这好像我们的母亲，她是一个天姿玉质的美人，她的身体的每一部分，都有令人爱慕之美。中国海岸线之长而且弯曲，照现代艺术家说来，这象征我们母亲富有曲线美吧。咳！母亲！美丽的母亲，可爱的母亲，只因你受着人家的压榨和剥削，弄成贫穷已极；不但不能买一件新的好看的衣服，把你自己装饰起来；甚至不能买块香皂将你全身洗擦洗擦，以致现出怪难看的一种憔悴褴褛和污秽不洁的形容来！啊！我们的母亲太可怜了，一个天生的丽人，现在却变成叫化的婆子！站在欧洲、美洲各位华贵的太太面前，固然是深愧不如，就是站在那日本小姑娘面前，也自惭形秽得很呢！

听着！朋友！母亲躲到一边去哭泣了，哭得伤心得很呀！她似乎在骂着："难道我四万万的孩子，都是白生了吗？难道他们真像着了魔的狮子，一天到晚的睡着不醒吗？难道他们不知道自己伟大的团结力量，去与残害母亲、剥削母亲的敌人斗争吗？难道他们不想将母亲从敌人手里救出来，把母亲也装饰起来，成为世界上一个最出色、最美丽、最令人尊敬的母亲吗？"朋友，听到没有母亲哀痛的哭骂？是的，是的，母亲骂得对，十分对！我们不能怪母亲好哭，只怪得我们之中出了败类，自己压制自己，眼睁睁的望着我们这位挺慈祥美丽的母亲，受着许多无谓的屈辱，和残暴的蹂躏！这真是我们做孩子们的不是了，简直连一位母亲都爱护不住了！

朋友，看呀！看呀！那名叫"帝国主义"的恶魔的面貌是多么难看呀！在中国许多神怪小说上，也寻不出一个妖精鬼怪的面貌，会有这些恶魔那样的狞恶可怕！满脸满身都是毛，好像他们并不是人，而是人类中会吃人的猩猩！他们的血口，张开起来，好似无底的深洞，几千几万几千万的人类，都会被它吞下去！他们的牙齿，尤其是那伸出口外的獠牙，十分锐利，发出可怕的白光！他们的手，不，不是手呀，而是僵硬硬的铁爪！那么难看的恶魔，那么狰狞可怕的恶魔！一，二，三，四，五，朋友，五个可怕的恶魔，正在包围着我们的母亲呀！朋友，看呀，看到了没有？呸！那些恶魔将母亲搂住呢！用他们的血口，去亲她的嘴，她的脸，用他们的铁爪，去抓破她的乳头，她的可爱的肥肤！呀，看呀！那个戴着粉白的假面具的恶魔，在做什么？他弯身伏在母亲的胸前，用一支锐利的金管子，刺进，呀！刺进母亲的心口，他的血口，套到这金管子上，拼命的吸母亲的血液！母亲多么痛啊，痛得嘴唇都成白色了，噫，其他的恶魔也照样做吗？看！他们都拿出各种金的、铁的或橡皮的管子，套住在母亲身上被他们铁爪抓破流血的地方，都拼命吸起血液来了！母亲，你有多少血液，不要一下子就被他们吸干了吗？

嗄！那矮矮的恶魔，拿出一把屠刀来了！做什么？呸！恶魔！你敢割我们母亲的肉？你想杀死她？咳哟！不好了！一刀！啪的一刀！好大胆的恶魔，居然向我们母亲的左肩上砍下去！母亲的左臂，连着耳朵到颈，直到胸膛，都被砍下来了！砍下了身体的那么一大块—— 五分之一的那么一大块！母亲的血在涌流出来，她不能哭出声来，她的嘴唇只是在那里一张一张的动，她的眼泪和血在竞着涌流！朋友们！兄弟们！救救母亲呀！母亲快要死去了！

啊！那矮的恶魔怎么那样凶恶，竟将母亲那么一大块身体，就一口生吞下去，还在那里眈眈地望着，像一只饿虎向着驯羊一样地望着！恶魔！你还想砍，还想割，还想把我们的母亲整个吞下去?！兄弟们！无论如何不能与它干休！它砍下而且生吞下去母亲的那么一大块身体！母亲现在还像一个人吗，缺了五分之一的身体？美丽的母亲，变成一个血迹模糊肢体残缺的人了。兄弟们，无论如何，不能与它干休，大家冲上去，捉住那只恶魔，用铁拳痛痛地捶它，捶得它张开口来，吐出那块被生吞下去的母亲身体，才算，决不能让它在恶魔的肚子里消化了去，成了它的滋养料！我们一定要回来一个完整的母亲，绝对不能让她的肢体残缺呀！

呸！那是什么人？他们也是中国人，也是母亲的孩子？那么为什么去帮助恶魔来杀害自己的母亲呢？你们看！他们在恶魔持刀向母亲身上砍的时候，很快的就把砍下来的那块身体，双手捧到恶魔血口中去！他们用手拍拍恶魔的喉咙，使它快吞下去；现在又用手去摸摸恶魔的肚皮，增进它的胃之消化力，好让快点消化下去。他们都是所谓高贵的华人，怎样会那么恭顺地秉承恶魔的意旨行事？委曲求欢，丑态百出！可耻，可耻！傀儡，卖国贼！狗彘不食的东西！狗彘不食的东西！你们帮助恶魔来杀害自己的母亲，来杀害自己的兄弟，到底会得到什么好处?！我想你们这些无耻的人们啊！

你们当傀儡、当汉奸、当走狗的代价，至多只能伏在恶魔的肛门边或小便上，去吸取它把母亲的肉，母亲的血消化完了排泄出来的一点粪渣和尿滴！那是多么可鄙弃的人生啊！

朋友，看！其余的恶魔，也都拔出刀来，馋涎欲滴地望着母亲的身体，难道也像矮的恶魔一样来分割母亲吗？啊！不得了，他们如果都来操刀而割，母亲还能活命吗？她还不会立即死去吗？那时，我们不要变成了无母亲的孩子吗？咳！亡了母亲的孩子，不是到处更受人欺负和侮辱吗？朋友们，兄弟们，赶快起来，救救母亲呀！无论如何，不能让母亲死亡的啊！

朋友，你们以为我在说梦呓吗？不是的，不是的，我在呼喊着大家去救母亲啊！再迟些时，她就要死去了。

朋友，从崩溃毁灭中，救出中国来，从帝国主义恶魔生吞活剥下，救出我们垂死的母亲来，这是刻不容缓的了。但是，到底怎样去救呢？是不是由我们同胞中，选出几个最会做文章的人，写上一篇十分娓娓动听的文告或书信，去劝告那些恶魔停止侵略呢？还是挑选几个最会演说、最长于外交辞令的人，去向他们游说，说动他们的良心，自动地放下屠刀不再宰割中国呢？抑或挑选一些顶善哭泣的人，组成哭泣团，到他们面前去，长跪不起，哭个七日七夜，哭动他们的慈心，从中国撤手回去呢？再或者……我想不讲了，这些都不会丝毫有效的。哀求帝国主义不侵略和灭亡中国，那岂不等于哀求老虎不吃肉？那是再可笑也没有了。我想，欲求中国民族的独立解放，决不是哀告、跪求哭泣所能济事，而是唤起全国民众起来斗争，都手执武器，去与帝国主义进行神圣的民族革命战争，将他们打出中国去，这才是中国惟一的出路，也是我们救母亲的惟一方法，朋友，你们说对不对呢？

因为中国对外战争的几次失利，真像倒霉的人一样，弄得自己不相信自己起来了。有些人简直没有一点民族自信心，认为中国是沉沦于万丈之深渊，永不能自拔，在帝国主义面前，中国渺小到像一个初出世的婴孩！我在三个月前，就会到一位先生，他的身体瘦弱，皮肤白皙，头上的发梳得很光亮，态度文雅。他大概是在军队中任个秘书之职，似乎是一个伤心国事的人。他特地来与我做了下列的谈话：

他：“咳！中国真是危急极了！”

我：“是的，危急已极，再如此下去，难免要亡国了。”

“唔，亡国，是的，中国迟早是要亡掉的。中国不会有办法，我想是无办法的。”他摇头的说，表示十分丧气的样子。

“先生为什么说出这样的话来？哪里就会无办法。”我诘问他。

“中国无力量呀！你想帝国主义多么厉害啊！几百几千架飞机，炸弹和人一样高；还有毒瓦斯，一放起来，无论多少人，都要死光。你想中国拿什么东西去抵抗它？”他说时，现出恐惧的样子。

“帝国主义固然厉害，但全中国民众团结起来的斗争力量也是不可侮的啦！并且，还有……”我尚未说完，他就抢着说：

“不行不行，民众的力量，抵不住帝国主义的飞机大炮，中国不行，无办法，无办法的啦。”

“那照先生所说，我们只有坐在这里等着做亡国奴了！你不觉得那是可耻的懦夫思想吗？”我实在忍不住，有点气愤了。他睁大眼睛，呆望着我，很难为情的不做答声。

这位先生，很可怜的代表一部分鄙怯人们的思想，他们只看到帝国主义的飞机大炮，忘却自己民族伟大的斗争力量。照他的思想，中国似乎是命注定的要走印度、朝鲜的道路了，那还了得?!

中国真是无力自救吗？我绝不是那样想的，我认为中国是有自救的力量的。最近十几年来，中国民族，不是表示过它的斗争力量之不可侮吗？弥漫全国的“五卅”运动，是着实的教训了帝国主义。省港罢工，在当时革命政权扶助之下，使香港变成了臭港，就是最老牌的帝国主义，也要屈服下来。以后北伐军到了湖北和江西，汉口和九江的租界，不是由我们自动收回了吗？在那时帝国主义在中国的威权，不是一落千丈吗？朋友，我现在又要来讲个故事了。就在北伐军到江西的时候，我在江西做工作，因有事去汉口，在九江又搭上一只J国轮船，而且十分凑巧，这只轮船，就是我那次由上海回来所搭乘的轮船。使我十分奇怪的，就是轮船上下管事人对乘客们的态度，显然是两样的了——从前是横蛮无理，现在是和气多了。我走到货舱去看一下，货舱依然是装满了糖包，但糖包上没有蹲着什么人。再走到统舱去看看，只见两边走廊的甲板上，躺着好几十个人。有些像是做工的，多数是像从乡间来的，有一位茶房正在开饭给他们吃呢。我为了好奇心，走到那茶房面前向他打了一个招呼，与他谈话：

我："请问，这些人都是买了票吗？"

茶房："他们哪里买票，都是些穷人。"

我："不买票也可以坐船吗？"

茶房："马马虎虎的过去，不买票的人多呢！你看统舱里那些士兵，哪个买了票的？"他用手向统舱里一指，我随着他指的方向望去，果就看见有十几个革命军兵士，围在一个茶房的木箱四旁，箱盖上摆着花生米、皮蛋、酱豆干等下酒菜，几个洋磁碗盛着酒，大家正在高兴地喝酒谈话呢。

我："他们真都没有买票吗？"

茶房："哪里还会假的，北伐军一到汉口，他们就坐船不买票了。"

"从前的时候，不买票也行坐船吗？"我故意地问。

茶房："那还了得，从前不买票，不但打得要命，还要抛到江里去！"

"抛到江里去？那岂不是要浸死人吃人命？"我又故意

地问。

茶房笑说："不是真抛到江里去浸死，而是将他吊一吊，吓一吓。不过这一吊也是一碗辣椒汤，不好尝的。"

我："那么现在你们的船老板，为什么不那样做呢？"

茶房："现在不敢那样做了，革命势力大了。"

我："我不懂那是怎样说的，请说清楚！"

茶房："那还不清楚吗？打了或吊了中国人，激动了公愤，工人罢下工来，他的轮船就会停住走不动了。那损失不比几个人不买票的损失更大吗？"

我："依你所说，那外国人也有点怕中国人了？"

茶房："不能说怕，也不能说不怕，唔，照近来情形看，似乎有点怕中国人了。哈哈！"茶房笑起来了。

我与他再点点头道别，我暗自欢喜地走进来。我心里想，今天可惜不遇着那肥大头，如遇着，至少也要奚落他几句。

我走到官舱的饭厅上去看看，四壁上除挂了一些字画外，却挂了一块木板布告。布告上的字很大，远处都可以看清楚。

第　　号

国民革命军总司令布告

为布告事。照得近来有军人及民众搭乘外国轮船不买票，实属非是！特出布告，仰该军民人等，以后搭乘轮船，均须照章买票，不得有违！切切此布。

啊啊，外国轮船，也有挂中国布告之一天，在中国民众与兵、工奋斗之下，藤条、竹片和绳子，也都失去从前的威力了。

朋友，不幸得很，从此以后，中国又走上了厄运，环境又一天天地恶劣起来了。经过“五三”的济南惨案，直到“九一八”，日本帝国主义公然出兵占领了中国东北四省，就是我在上面所说那矮的恶魔，一刀砍下并生吞了我们母亲五分之一的身体。这是由于中国民族革命运动，受了挫折，对于中国进攻采取了“不抵抗主义”，没有积极唤起国人自救所致！但是，朋友，接着这一不幸的事件而起的，却来了全国汹涌的抗日救国运动，东北四省前仆后继的义勇军的抗战，以及“一·二八”有名的上海战争。这些是给了骄横一世的日本军阀一个严重的教训，并在全世界人类面前宣告，中国的人民和兵士，不是生番，不是野人，而是有爱国心的，而是能够战斗的，能够为保卫中国而牺牲的。谁要想将有四千年历史与四万万人口的中国民族吞噬下去，我们是会与他们拼命战斗到最后的一人！

朋友，虽然在我们之中，有汉奸，有傀儡，有卖国贼，他们认仇作父，为虎作伥；但他们那班可耻的人，终究是少数，他们已经受到国人的抨击和唾弃，而渐趋于可鄙的结局。大多数的中国人，有良心有民族热情的中国人，仍然是热心爱护自己的国家的。现在不是有成千成万的人在那里决死战斗吗？他们决不让中国被帝国主义所灭亡，决不让自己和子孙们做亡国奴。朋友，我相信中国民族必能从战斗中获救，这岂是我们的自欺自誉吗？

不错，目前的中国，固然是江山破碎，国弊民穷，但谁能断言，中国没有一个光明的前途呢？不，决不会的，我们相信，中国一定有个可赞美的光明前途。中国民族在很早以前，就造起了一座万里长城和开凿了几千里的运河，这就证明中国民族伟大无比的创造力！中国在战斗之中一旦斩去了帝国主义的锁链，肃清自己阵线内的汉奸卖国贼，得到了自由与解放，这种创造力，将会无限地发挥出来。到那时，中国的面貌将会被我们改造一新。所有贫穷和灾荒，混乱和仇杀，饥饿和寒冷，疾病和瘟疫，迷信和愚昧，以及那慢性的杀灭中国民族的鸦片毒物，这些等等都是帝国主义带给我们可憎的赠品，将来也要随着帝国主义的赶走而离去中国了。朋友，我相信，到那时，到处都是活跃跃的创造，到处都是日新月异的进步，欢歌将代替了悲叹，笑脸将代替了哭脸，富裕将代替了贫穷，康健将代替了疾苦，智慧将代替了愚昧，友爱将代替了仇杀，生之快乐将代替了死之悲哀，明媚的花园，将代替了凄凉的荒地！这时，我们民族就可以无愧色的立在人类的面前，而生育我们的母亲，也会最美丽地装饰起来，与世界上各位母亲平等地携手了。

这么光荣的一天，决不在辽远的将来，而在很近的将来，我们可以这样相信的，朋友！

朋友，我的话说得太噜苏厌听了吧！好，我只说下面几句了。我老实的告诉你们，我爱护中国之热诚，还是如小学生时代一样的真诚无伪；我要打倒帝国主义为中国民族解放之心还是火一般的炽烈。不过，现在我是一个待决之囚呀！我没有机会为中国民族尽力了，我今日写这封信，是我为民族热情所感，用文字来作一次为垂危的中国的呼喊，虽然我的呼喊，声音十分微弱，有如一只将死之鸟的哀鸣。

啊！我虽然不能实际的为中国奋斗，为中国民族奋斗，但我的心总是日夜祷祝着中国民族在帝国主义羁绊之下解放出来之早日成功！假如我还能生存，那我生存一天就要为中国呼喊一天；假如我不能生存——死了，我流血的地方，或者我瘗骨的地方，或许会长出一朵可爱的花来，这朵花你们就看做是我的精诚的寄托吧！在微风的吹拂中，如果那朵花是上下点头，那就可视为我对于为中国民族解放奋斗的爱国志士们在致以热诚的敬礼；如果那朵花是左右摇摆，那就可视为我在提劲儿唱着革命之歌，鼓励战士们前进啦！

亲爱的朋友们，不要悲观，不要畏馁，要奋斗！要持久地艰苦地奋斗！把各人所有的智慧才能，都提供于民族的拯救吧！无论如何，我们决不能让伟大的可爱的中国，灭亡于帝国主义的肮脏的手里！

你们挚诚的祥松

五月二日写于囚室

囚人祥松将上信写好了，又从头到尾仔细修改了一次，自以为没有什么大毛病了，将它折好，套入一个大信封里。信封上写着："寄送不知其名的朋友们均启"。这封信，他知道是无法寄递的，他扯开书桌的抽屉，将信放在里面。然后拖起那双戴了铁镣的脚，叮当叮当走到他的铁床边就倒下去睡了。

他往日的睡，总是做着许多噩梦，今晚他或许能安睡一夜吧！我们盼望他能够安睡，不做一点梦，或者只做个甜蜜的梦。

附：这篇像小说又不像小说的东西，乃是在看管我们的官人们监视之下写的。所以只能比较含糊其词地写。这是说明一个×××员，是爱护国家的，而且比谁都不落后以打破那些武断者诬蔑的谰言！

死！

——共产主义的殉道者的记述

敌人只能砍下我们的头颅，
决不能动摇我们的信仰！
因为我们信仰的主义，
乃是宇宙的真理！

为着共产主义牺牲，为着苏维埃流血，
那是我们十分情愿的啊！

一

死神在祥松与他同时入狱的三个同伴面前狞笑！像一只猛鸷的鹰一样，正在张开它的巨爪，准备一下子就把他们四个人的生命攫了去！

“死是不可避免的，什么时候死，我们不知道，——生命是捏在最凶恶的敌人的掌心里！”这是他们入狱后常常说起的话。

千怪万怪，绝不能怪别人，全怪自己错误！咳！错误——一个无可补救的错误！过去虽也做过错误，但错误的危险性较小，影响较小，这次，这次是做了一个无可补救的错误，一个致命的错误啊！率领的军队受到损失，自己亦落于敌人之手。还有什么可说，还有什么可说呢？只有死就是了。

敌人们明明告诉了他们，摆在他们面前的，只有两条路，一条是投降，而得暂时的苟生，一条就是死！他们不约而同的选定了后一条路。投降？不能够的，决不能够的。

抛弃自己原来的主义信仰，撕毁自己从前的斗争历史，訇的一声，跳入那暗沉沉的秽臭的污水潭里去，向他们入伙，与他们一块儿去抢，去掳，去刮，去榨，去出卖可爱的中国，去残杀无辜的工农；保住自己的头，让朋友的头，滚落下地；保住自己的血，让朋友的血，飙射出来。这可都能做下去？啊！啊！这若都能做下去，那还算是人?！是狗！是猪！是畜生！不，还是猪狗畜生不食的东西！无论如何，不能做那叛党叛阶级的事情，决不能做的。

于是大家都在那幽暗熏臭的囚室里，东倒一个，西倒一个地卧在竹床上，心平气静地等候着那一刻儿的到来，等候着那一颗子弹，或是一刀！

“脖子伸硬些，挨它一刀！临难无苟免！”那个在征剿革命的叛逆的东征战役中，被打残了一只左手的只手将军田寿说。他说时，用劲地伸出他的脖子，做个真像有一个刽子手持刀向他脖子上砍下去的样儿。

“对！必须如此！”那个经过百战以上身子瘦瘦的病知说。

“我们必须准备口号，临刑时，要高声的呼，用劲的呼，以表示我们的不屈！”在这次失败中负主要责任的囚人祥松说。

那个在被俘时负伤三枪，卧在床上正在发寒发热，神思昏迷的仰山，不知怎的，被他听明白了口号两个字，就用他那有气无力的声音，仰起头来很关心地问：

“口号？你们是不是在讲临刑时的口号？要准备几个口号——有力的口号！”

“仰山！你安心地睡吧！不要你操心！口号容易准备的。”祥松说。

“要的，几个有力的口号！”仰山的头，睡在那灰布大衣叠成的枕头上，上下点了两下，就闭上眼皮，去呻吟他的病和伤的痛苦去了。

大家沉默了下来。得一会，田寿与病知两个仍去下象棋；祥松因不懂象棋，只得独自去看从难友处借来的杂志；仰山照旧一声长一声短地呻吟。

午饭开来了。五碗菜，内有一碗汤，算是三荤两素。这是对他们特别的优待，与他们脚上钉着十斤重的铁镣同时而来的特别优待。左右两边栊子里的难友，吃了过于粗恶的菜饭，似乎有点羡慕他们每餐五碗菜的优待，他们却巴不得能除去那沉重压脚，同时是一种莫大的羞辱之标志的脚镣，情愿去吃他们一样的饭菜。

仰山睡在床上，病得糊里糊涂，一点东西也不想吃，只是依着医生的话，喝点盐开水。这三荤两素的午饭，只剩得他们三个去吃了。

三双筷子，在五个碗内进出了一二十次，菜统吃光了，只剩下几个半碗的汤水。他们开始倒汤泡饭，要借汤水的帮助，去咽下那未完的黄米饭。

“同志！我们在这里吃饭，我有点怀疑到底是为谁吃的。”祥松有点感慨地说。

两人愕然。

“好像我们吃饭，不是为着自己吃的，是为着刽子手们的枪弹或刀吃的。吃胖了一点。让它们尝点油味儿。”祥松接着又说。

“不管它，生一天就得吃一天！”病知说。

“吃吧，不要讲死了就不吃。”田寿说。

三个又低下头来，用劲的去咽那汤泡饭了。

饭后，看守兵送进大半脸盆的水来，尽田寿先洗脸。

田寿剩下来的一只手，这次又打伤了。他请看守兵帮他洗了脸，又帮他洗头发。擦上那“金鸡牌”的香皂，一头满是白皂沫。

“只手将军！你把头发洗得那样干干净净做什么？”祥松带着一点与他开玩笑的神气说。

“我把头发洗干净，是准备去见上帝啦！”田寿带笑地答。

“见上帝？看不出你会说出这样有趣的话来！是的，你死了，将会升入天堂，坐在上帝的右边。”

“我偏要坐在左边！”

“好吧，你就在左边好了。哈哈，有趣！”

哈哈，哈哈，哈哈哈……三人都同笑起来了。

仰山为笑声惊醒，又仰起头来问：

“你们为什么笑？”

“仰山，只手将军说，头发洗干净了，是准备去见上帝，并要坐在上帝的左边。这话怪有趣的呀！”祥松告诉了他。

“唔，有趣的话！”仰山说了这四个字，那黄瘦得怕人的脸上，露出来一点勉强的苦笑。“哎哟！”接着又叫痛起来了。

都倒在竹床上去睡午觉了。在牢狱里有什么可做？只有吃了睡，睡了又吃。牢狱里是叫一切康健的聪明的有作用的人，去睡，去病，去死！

有十几年午睡习惯的祥松，往日无论怎样，午饭后必须睡一忽儿，那怕是五分钟，睡了一会，精神才会好起来。今天，他倒在竹床上，总不能入睡。越用劲去睡，越不能睡着。有许多思想钻入他的脑子来。他睁大着眼睛，出神地沉思：

死，是无疑的了。什么时候死，不知道。生命捏在敌人的掌心里。是的，他要我们死，只要说个“杀”就得。一个革命者，牺牲生命，并不算什么希奇事。流血，是革命者常常遇着的，历史上没有不流血的革命，不流血，会得成功吗？为党为苏维埃流血，这是我十分情愿的。流血的一天，总是要来的。那一天是这样来的：

看守所派人带了铁匠来开脚镣，假意地说："你们这几位，戴着脚镣确太拖累了，奉上面命令，替你们开了去，让舒服些！"当然我们明知这是假话，真的意思，就是通知我们要枪毙或者要斩了，我们死了，损失了狱中的三副镣（仰山因重伤未戴镣）岂不可惜。……不过，恐怕也不一定要开镣，也许他们这次大量点，让着送了这三副镣，或者在死人脚上捶下这三副镣，也还不是可以的吗？不管它！看！看守所长，看守长，还有几个看守兵进来了。后面跟着十几个兵士，持着枪，弹巢里都安上了子弹，枪上都上好刺刀，白亮亮的。还有几个挂驳壳枪的，都站在囚室门外等着。看守所长——一个蓄了胡子矮而胖的中年人，走上前来一脸的奸笑，说："对不起，处里提你们的堂，请即刻就去！"

"是解决我们吗？"我们当然要问一声。

"哪里话，哪里话，决没有的事，只是提堂罢了，各位放心，不要作慌！"

"施！作什么慌，我们早就准备了。去！"我们开步走，众兵士前后左右包围着同走。仰山呢？他病了不能走，怎样办呢？自然他们会有办法，会抬着他的床一起走。

到了处里，法官，什么法官，狗！已升了庭，屋外站了五六十个兵，都是挂驳壳枪的，见到我们去，视线全转到我们身上来了。每个人的眼睛里，似乎都在说："再等一会，你们四个人都完了！"我们不理他们，到了这个地步，还有什么可说，我们昂然走到法庭前站着，仰山的竹床自然也抬上来了。坐在庭上的法官，狗！旁边还有几个拿笔在等着写的书记官们。法官，狗！开口说，声音很粗很凶：

"你们四个人晓得犯了什么罪吗？"

"我们犯了什么鸟罪，就是没有同你们一起去卖国……"我应该如此说。

啪！法官，狗！拿起戒尺在案桌上着力地拍了一下，圆睁着一双炯炯灼人的凶眼，喝道：

"绑起来！杀人放火，奸淫掳掠，罪恶滔天！奉令处你们死！"

"呸！发什么狗威！杀人放火，奸淫掳掠，正是你们的拿手戏！"我说。

"打倒帝国主义！""打倒国民党！""红军万岁！""苏维埃万岁！""共产主义万岁！"我们大声叫起口号来了。

"打！拖出去！"法官，狗！气得咆哮起来。于是兵士抢上来，向我们拳打脚踢，枪头乱打乱戳！十几个提一个，押上汽车。兵士们碰着了仰山负重伤里面还藏有许多碎骨的手，仰山尖音呼痛起来！嘟嘟嘟，汽车开动了！沿途有不少的人在看。沿途我们都高呼口号。一会儿到了刑场，兵士把

我们提出来，一排儿站着。“跪下去！”刽子手下命令！“打倒帝国主义！打倒国民党！”膝头弯里猛着了几枪托，打跪下去了。于是哨子一吹，眼睛一阵黑，完了！完了！我们四个人，完了！

于是穿西装的，穿呢军服挂斜皮带的敌人们，都在张开血口狞笑，庆贺他们结果了四个巨敌。哼！魔鬼们！慢点！不要高兴过度了，我们四个虽死了，比我们更聪明更有能力的同志，还有千千万万，他们会因我们被惨杀，而激起更高的阶级仇恨，他们会与你拼命斗争到底！不怕你们屠刀大，你怎样也杀不完的！历史注定你要倒！我们一定要打倒你的！

“我们一定要打倒你的！”祥松想到这里，不觉大声喊了出来！

“你不睡，喊，发了疯?!”田寿仰起头来问。

“我在想事情，睡不着呢。”

二

在另一天喝了早晨的稀粥后，三个人就围坐在那张东摇西歪的杉木桌上闲谈起来。仰山仍然睡在竹床上呻吟，愈病愈瘦了。三人看看他的模样，以为他不要几天就会死去。

“病死也是一样，不过受苦多了。”大家只能替他叹叹气罢了。

三个人闲谈着。在牢狱里，除吃饭，睡觉，看书，下棋，拉尿拉屎以外，就只有做无目的的闲谈。闲谈范围很广，古今中外，过去未来，统都谈到。没有一定的次序，没有预定从哪里谈起，谈到哪里结尾，大家都是随心所欲地漫谈，想到什么，就谈什么，这件事没有谈完，一个新的有趣的话冲上来，就又谈到那件事去了。

不知是怎么谈起，他们谈到人口问题上来了，大概是因为杂志上登载了苏联每年增加二百万人口的一条小新闻，就引起了这三个镣押狱中、生活苦闷的闲谈者的谈锋。

病知：“苏联每年增加二百万人口，它原只有一万万五千万人口；照这个比例来算，那中国每年应该增加五百多万人口了。自民国元年起，到今年岂不要增加了一万万多人口了吗？”

祥松：“我看中国人口，近二十多年来，恐怕没有什么增加，或者减少了一些也未可知；就是增加一点，决增加不了多少。”

田寿：“中国人口的数目，始终是一个未曾猜破的谜，谁也没有知道中国现在确有多少人，大家不过都是估估猜猜而已！”

病知："中国人口虽不见得增加多少，大概减少是不会的吧！"

祥松："当然不能说一定减少，但增加多少——好在我们没有一个确实的人口统计，我们不必去争一定是增加或是减少。但这是可以断言的，就是一个国家人口的增加，是决定于那个国家经济的发展，与一般国民生活的向上与安定。中国呢？国民经济正在总的崩溃，一般国民生活，正沉沦于饥饿和死亡线上挣扎着，除少数剥削阶级外，人人都有'今天不知明天怎样'的感觉。我不信吃树皮草根和观音粉的人们，能活长命和生育多。我们可以看到，自民国元年以来，连年军阀混战，没有停止过一年，最近，国民党又用全国力量，不，还联合着各帝国主义的力量，去进攻苏区和红军，这长期的战争，战死的人多少？因战争影响而死的人又多少？连年的水旱灾荒，饿死冻死的人有多少？西北数省有名的旱灾，就饿死了一千余万，一九三〇年的水灾，死了多少，虽不得知，但想也可想到总是一个不小的数目；去年的旱灾，单是湖南一省就饿死一百八十万人；因营养不良，因吃树皮草根和观音粉而渐渐的瘦弱，渐渐的病死的，更不知有多少人！打皮寒买不起一颗金鸡纳霜丸来治病，发伤风拣不起一帖午时茶来煎服，发霍乱买不起一瓶救急水来救死，生肺病更谈不上买鱼肝油或帕洛托了。这样贫病而不能得到医药的国家，我们能够望它人口增加吗？加上那班走投无路的人们，天天都不知有多少在投河吊颈，服安眠药水以自杀，这班不敢奋斗却敢自杀的人，也不在少数吧。因革命被杀或因文字或因语言遭杀的人，以及在监狱中活活的磨死的人又知有多少。还有那帝国主义的飞机大炮所屠杀的，在东北四省在上海战争以及在各地被他们屠杀的人们又谁能知有多少。中国是一个死神统治一切的国家，谁也不知他什么时候会死去……”

“中国人的命，不值一个钱，死个人像死一条狗一样！咳！”田寿长叹了一声！

“死条狗还有人来看看，拖去钳毛剥皮，煮熟了吃，死个人，简直想也没有人想，像那两个昨天上午就死了，到如今还不见有人来埋。”病知指着囚室外两个睡得硬直直的死人说。

三个人都站起来向室外望一望，表现出一种怜悯同情的神色。

“左右两号十几个病得那么重的，也总是这几天内的货！听！他们叫得才凄惨呢！”两边号子里都传过来病犯呼痛的呻吟！

“就是我们的这一个，知道又挨得住多少天！”祥松指着仰山说。

“哎哟！给我一口水！”仰山对着祥松喊。

祥松倒了一杯盐开水，用茶匙灌给他喝，并问：

“仰山，现在你觉得怎样？”

“肚子里发烧，头痛得很，伤口也痛，我巴不得他们来补我一枪。”

“不要性急，忍受点吧。”

“总盼早死一点！哎哟！活受罪！好恶呀，让我活受罪。”

“田寿先生，烧饼！”看守兵送上来六个烧饼，摆在桌上。

“烧饼主义者，你又买了烧饼吗？”祥松对田寿带笑说，因田寿近几天来常买烧饼吃，大家就奉送了他一个“烧饼主义者”的名称。

“是的，是我买的，你不是烧饼主义者，大概不吃这烧饼吧！”

“既买得来，还是吃，哪怕不是个烧饼主义者。田寿，你领来的二十元，还剩了多少？”

“还存有两块钱。”

“这两块钱用完了，烧饼主义，也就要破产了。”病知说。

“不见得，不见得，我的烧饼主义正大通行啦。你看，看守所每天早晨几篮子烧饼都给囚人们销完了。足见我的主义，正在通行，这倒是一种适合大众的主义啦。”

“只手将军，你说你的主义，适合于大众，倒不见得，许多难友，一个铜板都没有，想买一个烧饼，也只有空咽口水，他们就不能做你烧饼主义的信徒了。买不起烧饼的人，才多着呢。如果要跟随的人多，倒不如提倡提倡树皮主义，或是草根主义，或是观音粉主义，那准相信的人多了。烧饼主义，在许多穷光蛋看来，还有点带贵族气味呢。”祥松笑着说。

“放着饭不吃，就算饭有点腐霉气，去吃烧饼，首先我也就感着有点贵族气了。”病知这几天特别反对田寿有时不吃饭而买烧饼吃，他觉得剩下的两块钱用光了，那才洗衣服的钱都没有了。

“吓！一张报！”祥松发现包烧饼的纸是一张三天前的报纸。

“报纸？看看！看里面有什么事，妈的，报都不准我们看！”三个人的头都凑拢起来，注视那一张因烧饼角儿戳破许多洞孔的报纸。

报纸上没有什么重要新闻，只一条新闻是说要在“收复区”建造白骨塔，以志不忘。

“他妈的，自己用飞机大炮杀了许多人，却把罪恶望他人身上推。真像强盗杀了人，把血衣脱下披到别人的身上去，好狠心奸猾的家伙！”病知愤激地说。

“报纸在他们手里，颠倒是非黑白，还不是由着他们做！自己一烧几百里的民房，却还说人家放火；到处抢劫民众破衣烂被，饭锅碗钵，连女人用的高脚盆都搬起走，还说人家抢劫！只有战胜它，之后，才能讲真理的！”祥松说。

“哼！造白骨塔，就在这监狱里造个直径十丈高度十丈的高塔，把这里枪毙的杀头的，以及活活磨死的人们的骨头装进去，一年之内，怕不会装满来？”田寿不胜感叹地说。

“我想，我可以替他们计划一下。要造白骨塔，中国可以造十几万个，每个村庄都得造一个。小的城市造四五个，大的城市就造十几个。像上海、北平、南京、武汉等城市，就造一百多个也不为多。年老而死的不算数，专收那些饿死冻死的，营养不良而病，病了没有医药而死的，为革命被杀的，为战争牺牲的，以及那些无出路而自杀的冤死鬼们的骨头，的确，像你所说，不上一年，十几万个的塔都会装得满满的。挖出来开个舂肥店，掺在牛的猪的骨头里一起卖，怕不会是一笔大的财政进款。正可以补助补助国民财政的困难啦！”祥松说。

“我们四个人的骨头，恐怕也能卖出几块钱来增加他们的财政收入吧！”

“中国人的生命，真像一个蚁子，一皮草儿，一天到晚，不知要糟蹋多少？死个几千几万，全不能使他们动一动念儿！”

“所以我们四个人的死，真算不得一点什么了！我们的血，真是像血海中之一滴！”

“妈的报，反动的宣传！”病知将那张报纸拿起来一撕一捏，捏成一个卷儿，就丢在那马桶里去了。

三

当日的晚饭后，祥松被“提讯”到法庭去了。在法庭坐了不久，副处长来了。他是瘦瘦的人，三角形脸，皮肤白净有光。两只溜溜转的老鼠眼，表现出他处事的决断。据说，他处理案件非常简单爽快，什么案子到他手里一刻儿就解决了。他有一个决案的腹稿，即是：凡关于共案，宁错杀不可错放。当了分田委员的杀！打过土豪的杀！当过乡苏主席的杀！加入了共产党的杀！被俘来的红军，排长以上的都杀！不杀的就下监，起码三年，多则十年二十年或无期徒刑不等，这算是特别的宽大了。他有了这个铁则，不怕几多案件，他只要看一看犯人的出身，口供如何，那是次要的，是什么人，就给什么处分，毫不需要怎样去考虑，不要一刻时候，他就按一按叫人铃，说案件统给决了。拿去执行好了。因此，许多人便称赞他处事的果决和敏捷。俘获祥松等的要赏，已经被人家得去，现在劝降的这笔生意，是他顶来办了。他一进入法庭来，就睁大那鼠眼，怒声地叫那监视祥松的看守所钟所员端凳子，凳子端上来了，说不好，又要端椅子，椅子又说摆得不好，连声骂："你是一只猪，如此之蠢！"骂得那钟所员面红耳赤，退立室外。这个老钟，平素对待囚犯，是打骂都来，十分威风，现在却被副处长骂得像一只在猫爪下的鼠儿一样，连声都不敢唧一唧，倒引起祥松暗笑了。副处长假意地礼让一番，坐定之后，即开口说：

"今天提你出来，并不是审问你，而是要告诉你一个消息。"

"什么消息？"

"这消息于你十分不利，说是你的夫人组织了军队。"

“这是从哪里得来的消息？”

“从公署方面来的，据当地驻军电告，由你的夫人统率着，大概有一二千人，冲到了铅山方面，拆了我们的一些碉堡——那是不要紧的，马上又可以造起来，起名为赴难军。”

“湖南军？”祥松没有听懂这三个字的意义。

“赴难军，不是湖南军。”处长在左小衣袋里摘下自来水笔，在纸上写下“赴难军”三个字，用笔尖在这三个字上点点，“是这个。”

“啊！赴难军。”祥松心上一阵又是悲痛又是钦敬，又是快慰的情绪冲上来，几乎要感动得流出眼泪来了。

“这确是于你们的案子不利，特来告诉你。”

“那倒没有什么。”祥松心中想，我们只是死，还有什么利不利。“不过，我可以告诉你，我的妻子，决不能带兵，她从来没有上过火线，这或者是另一些人带的。”

“你的夫人一定不能带兵吗？也许他们拿你夫人的名字号召一下也难说的。”

“我决不哄你，她是一定不能带兵，同时，她的政治地位并不算高，大家不会拿她来号召。共产党是有完全领导红军的力量的。”

“那照你说，我将向公署报告。唔……你是不是愿意看见你的夫人？你与她的爱情很好？你有几个孩子？”

“我共有五个孩子，都很小，我与我妻的爱情不坏，因为，我们是长期同患难的人。但我已到了这个地步，妻和儿子哪还能顾到，我只有抛下他们。”

“那倒不必，妻和孩子，是不能而且不应该抛下的。你愿不愿写封信去找你的夫人前来？”

“找她来，做什么？”

“找她来，当然有益于你，这就表示你已倾向于我们了。”

“妈的，倾向于你们这些狗？”祥松心里想。

“不能够的，我也不知道她现在什么地方。”祥松只好托词推拒了。

“你如果愿意写信去，地方我想总可以找到。这次不是解了几十名你们那边的人来了吗？你写出信来，准你在他们之中，拣一个可靠的送去。”

“唔……”祥松沉吟了一下，心中暗思，让我拣一个可靠的人送信去？那不是一则可以救出一个干部，二则可以写封密信送去苏区吗？咳！最苦的就是找不到一个人送信去，告诉他一切情形。“等我想想看，我想派人去至多只能探问一下她的消息。”

“我想向你进一忠告，你们既已失败至此，何必尽着固执，到国方来做事好了。”处长进一步地进逼了。

“哼！我能做什么事。”祥松差不多是从鼻子里哼出了这句话。

“你能，你能做事的，我们都知道，上面也知道；不然杀了多多少少你们那方的人，何以还留到你们不杀呢！老实说，上面要用你们啦，收拾残局，要用你们啦！”

“我可以告诉你，要知道，留在苏区的共产党员，都是经过共产党的长久训练，都是有深刻的主义的信仰的。”

“嘻嘻！”处长带着一种不信任的奸笑，“都是有主义的信仰？而且有深刻的主义的信仰？那倒也未必尽然吧！我想大部分不过是盲从罢了。”

“你不能这样去诬蔑共产党！”

“当然，我不能全说都是盲从，里面有主义信仰的顽固的自然也有，或者不少。我搁下那问题不说，现问一问你们的主义会不会成功呢？据我看来，你们的主义，是不得成功的，就是要成功，恐怕也还得五百年。”

“你从哪里看出来的呢？”

“我从人们对你们主义的心理上看出来的。”

“那倒不确实的，现在中国大多数人是倾向于我们的主义。”

“我所见的就不是那样。我所接近的人们，全反对你们。现在说转来吧，就作算不要五百年，顶快也得要二百年。总之，不能在我们一代实现，那是一定的了。我们为什么要做傻子，去为几百年后的事情拼命呢？当然苏俄国家搅得很好，但并不是实行共产主义，你知道吗，他们是实行国家资本主义啦。据我的见解，主义并没有绝对的好坏，总得看看是否适合于今日。譬如说，我们国方的主义，也有许多人说坏话，但说的尽说，现在总是我们国民党统治中国；我在国民党里，总有事做，总有生活，这种主义已经就值得我们相信了。人生在世，公私两面都要顾到，有私才有公，有公也才有私。一心为公，完全忘了私，忘了个人，我看那不能算是聪明人吧。我常是这样想，万一共产主义会成了功，那谁能料定我会不转一转身儿，这是我的实心话；不过我可以肯定地说在我一代总是不会成功的，所以我得放胆地做事。中国有句古话‘识时务者为俊杰’，随风转舵，是做事人必要的本领……”

“朝三暮四，没有气节的人，我是不能做的。”

“气节？现在时代还讲气节？现在已经不是有皇帝的时代了，什么尽忠守节，那全是一些封建的道德啦。比方说，从前不是有许多人与中央反对吗？现在他们不都又在中央做事？打仗时是敌人，仗打完了就握手言欢，互称兄弟了。一个人无论怎样，目前的利益，必须顾到，只求在生快乐一点，死后，人家的批评怎样，我们倒可不用去管了。你晓得孔荷宠吗?"

"听到他的名字,没有见过面,他是个无耻的东西!"

"他无耻?在你们说他无耻,在我们却说他是觉悟,他现在极蒙上面信任,少将参议!每月有五百元的薪金!"

"我不能跟他一样,我不爱爵位也不爱金钱。"

"哼!"处长的脸孔,突然变庄严了。"你须知你自己所做的事!有许多人被我判决执行枪毙的时候,都说'老子过二十年又是一个好汉',你是知道这全是一种迷信的话,枪一响,人就完了,什么也没有了。所以我警告你,这确不是好玩的!我看你是一个人才,故来好意劝你,不然,你与我有什么相干呢?我做我的官,你做你的囚犯,枪毙你是上面的命令,全不能怪我!千钧一发,稍纵即逝!确不是好玩的!"处长的警告是十分严重的,他的话后面,就是:你如果不投降,马上就是一枪!

"我完全知道这个危险!但处在这事无两全的时候,我只有走死的一条路,这是我这次错误的结果啦!"祥松并没有怎样重视他的警告。

两人沉默了一会。

"处长还有什么话要问的吗?"祥松耐不住这种空气,急于要躲开去。

"没有了。看守!你们背他进去,他脚上的镣,不好走路。”

于是那所员和看守兵走过来将他背起走，处长在他离开法庭前还警告地说：

“你要过细想想看，千钧一发，确不是好玩的！”

祥松回到栊子里，田寿与病知都急着来问：“什么事？”祥松叫他们坐拢来，把上面所谈的话，都详细地告诉了他们。他们听到了赴难军这件事情，心里也都十分感动。又谈到拣一个人送信去苏区，病知不同意，恐怕影响不好；因为有人去苏区，敌人就可以造谣说是我们已经投降了。这件事经过商量之后，也就将它搁下不提了。

四

因为祥松与看守兵的接近和谈话，有几个看守兵是与他们相处如朋友了。一天有一个看守兵跑来告诉祥松：

“报告你一个好消息，你们的案子已经延长下来了。”

“怎么的，请说明！”

“就是那一天你与副处长说话之后，处里就呈了一封公文上去；我可以直告诉你，公文上是说你们没有投降之意，拟定要枪毙你们；但上面批了下来，却是‘缓办’两字。你们的案子，一时是不至于解决的了。”

“还听到什么话吗?”

“没有了。有话都会告诉你的。你们放心吧，吃得饱些，睡得着些!”

“是的，谢谢你。”祥松笑着与他点一点头。

过了几天，那个看守兵，又跑来报告祥松的消息：

“听说有人打电报营救你们，也有人打电报请赶快杀了你们，上面已有电来要处里查复，据一般人说，你们的案子有希望。”

“处里复了电去了没有?”

“不知道，大概没有复电去吧。”

“你从哪里听来的消息?”

“从一个法官处听来的，但要绝对保密，外面不能说的啊!”

“谢谢你的好意，你放心，我决不至于对谁说的。”

祥松得了这两个消息，脑中起了一个很大的骚动。原来他们初入狱的时候，以为马上就会枪毙了，他们只是在等着死，心里倒很平静，几个人谈谈讲讲，容易过日。“现在是不是还是袖着手等死呢?”祥松想。“不错，不屈而死，是一种积极的行动，这样的死，可以激起同志们对敌人的仇恨，提高同志们斗争的不折不挠性与赴死如归的牺牲心。但是，我们都是受了十余年党的教育，有了十余年斗争的经验，特别是这次失败的血的教训，与在狱中的忧思苦虑，这次若能越狱出去，当然要用比前加倍勤苦的精神去工作；一二年后，创造几十县的苏区，发动几百万的工农群众起来斗争，创立几千几万的红军，那都是完全可能做到的。失败，这次的失败——是我们十分悲痛的失败，然而我们若能出狱，今日的失败，安知不是明日更大成功之要素！我十分憎恨地主，憎恨资本家，憎恨一切卖国军阀；我真诚地爱我阶级兄弟，爱我们的党，爱我中华民族。为着阶级和民族的解放，为着党的事业的成功，我毫不希罕那华丽的大厦，却宁愿居住在卑陋潮湿的茅棚；不希罕美味的西餐大菜，宁愿吞嚼刺口的苞粟和菜根；不希罕舒服柔软的钢丝床，宁愿睡在猪栏狗窠似的住所！不希罕闲逸，宁愿一天做十六点钟工的劳苦！不希罕富裕，宁愿困穷！不怕饥饿，不怕寒冷，不怕危险，不怕困难。屈辱，痛苦，一切难于忍受的生活，我都能忍受下去！这些都不能丝毫动摇我的决心，相反的，是更加磨炼我的意志！我能舍弃一切，但是不能舍弃党，舍弃阶级，舍弃革命事业。我有一天生命，我就应该为它们工作一天！我不应该利用目前的一切可能与时机，去图谋越狱吗？

我不应该对敌人施行一些不损害革命利益的欺骗和敷衍，以延缓死刑之执行吗？应该的，应该如此做去，来达到越狱的目的。共产党员不是要清高孤傲，而是要以他的行动去击破敌人，消灭敌人。不错，病知的话是不错的，不要弄巧成拙，画虎成狗。事业未成，反惹起党的怀疑，弄得自己身败名裂。这话是值得注意的，但总不能因此，就放弃一切可能

而来驯驯服服的等死！我们应该在此束手等死吗？不，我们应该活动，应该奋斗！奋斗不成而死，当然无话可说，这总算是尽了我们最后的努力了。一个共产党员，应该努力到死！奋斗到死！是的，应该决定！就是这样决定吧——以必死的决心，图谋意外的获救！我应该告诉他们，要他们一致来行动吧！”

祥松经过一番思索之后，已决定他的意见，悄悄地跑去告诉田寿和病知，要他们郑重考虑一下！

病知说他考虑了一晚，觉得毫无把握，因为这是敌人最巩固的后方，不容易冲出去，还是一死算了，免得徒劳。

田寿说，越狱非完全不可能，不过须有外援，无外援是不能成功的。同时，他说，祥松、病知或可出险，他自己与仰山是无望的，因为他们都是残废，容易被人发觉。祥松说，要越狱一齐出去，生死存亡在一起！

病得糊里糊涂的仰山，却有一肚子的恼火！当祥松与他密谈不知在哪一天死的话，他却激愤地说：

“他妈的，你们应该打下去，组织一个暴动！”

祥松决定进行越狱了！越狱是万死中去求一生，否则万死就是万死！不管成败如何，生一天就得努力一天！

从此之后，祥松的态度改变了一些，对国民党要人们来劝降，虽然知道他们是在放一大堆臭屁，但他不大答话，不与他们争辩。对于下层人们，如看守兵和卫兵们，则不放弃一点时机，向他们做宣传工作，极力去争取他们，去取得他们的同情和帮助。

最苦的就是不知党的通信处，不能将狱中情形报告党，请党来援救，这确是一个极大的困难了。

同时，祥松也利用这时间写了一些文件，希望死后能送给党。

究竟他们能以无比的英勇和冒险，去达到越狱的目的呢，还是如祥松从前所想的一样，被绑去法西斯蒂的刑场枪毙呢？现在，他们都毫无把握。照目前情形看来，在刑场就戮的份儿大概要占百分之九十九吧。

不管怎样，祥松还是天天在暗中努力着，为着这，用去了许多思想和心血，他头上的白发，差不多增加了一倍了。

一九三五年五月二十五日完

这篇东西，当然不成为小说，只是我们狱中生活片断的记述而已。

给某夫妇的信

目前在国际以及在中国，都在进行共产主义与法西主义的决死斗争。历史将会决定这种斗争的前途——共产主义胜利，法西主义归于消灭！

在这两种主义决斗面前，人们都应当睁开眼睛看清楚点，选定自己的立足点。还是站在共产主义方面，暂时受着统治阶级的迫害，而最后胜利；或是站在法西主义方面，暂时似乎安稳，不久就被工农的铁拳击毁?！必须站在哪一方面，走中间路，是很少可能的。照着历史发展的趋势与对于真理的追求，凡是一切有良心，有远识，有勇气，不甘落后于时代的人们，应该决定的站在共产主义方面来反对法西主义！参加革命来反对反革命！

中国国民党，已成了中国一切灾祸之根源！里面没有别的什么，尽是一伙强盗，一伙卖国贼，一伙屠杀工农群众的刽子手！国民党不灭，中国就要灭！帮助国民党的，就是罪恶；破坏国民党的，就是正义！只有苏维埃才能救中国，这是已经十分明显的真理。红军是打倒帝国主义解放民族的惟一武装，是中国的命根子，这全是事实！用自己所有的力量，从各方面来帮助苏维埃和红军，摧毁国民党的统治，这是我们的责任，也是我们应该见义勇为的行动。

我自落难以来，承你们友谊的帮助，实为感激！故我在临刑前，写这封信给你们，表现我对你们的希望：

一、对于共产主义和苏联的书籍，应多多地而且用力地去研究一番，一切非驴非马的东西，可丢去不看。在理论的政治的认识上，站稳着脚步，才不至于随时为某些现象或谣言而动摇自己的革命信仰！

二、站在党的同情者的地位，在党外利用你们和各方面的关系与自己所有的力量，去不断地做出许多有力的帮助党，苏维埃和红军，以及捶碎、破坏国民党统治的工作和活动！

三、你们生活要尽量朴素化，不要奢侈，不慕虚荣。从自己的节俭与从旁人的筹划中，支出一批款子，来帮助中国革命运动的经费。

四、这并不是说你们从此就该暴露自己的政治面目了，相反的，言语行动，更应慎重，以掩护自己的活动，而达到成功。但是，切不可听到一二个懦夫的劝阻与黑暗的朋友的威吓，自己就软弱下来，放弃应有的努力，特别在那稍纵即逝的紧急关头！

五、希望你们在我死后做到允许我的诺言，切不可因为困难或虚惊而抛弃信约！

我绝不是要引导你们上危险的×××（原信此处缺三个字），而是要引导一对有革命信仰和热诚的人们从反革命营垒，跳入革命的营垒；从罪恶跳入正义；从黑暗跳入光明！

愿你们亲爱的生活并合作的努力！

云　母　文

一九三五年五月

老爷太太，是最可羞辱的名字，现在你们虽不能拒绝这个名字，但不可保存这个思想！

狱中纪实

一

地主资产阶级联盟的国民党的黑暗统治，愈加动摇崩溃，那它对于它的敌人——中国共产党与在它领导之下的红军和千百万革命的工农群众，就愈加凶恶地进攻和摧残！国民党本其一贯的“宁愿中国成为帝国主义的殖民地，不让中国成为独立自由的苏维埃中国”之政策，不惜出卖中国的全部，求得国际帝国主义的大力援助，企图用武力和各种反革命的方法，来压平中国的苏维埃运动和广大民众的革命斗争。他们认定为中国民族和工农群众的解放事业艰苦战斗的红军为“赤匪”；认定真正脱离帝国主义的羁绊成为反帝国主义革命的根据地的苏区为“匪区”；认定苏区一切男女老少的革命群众为“匪”；认定在东北四省冰天雪地中与日“满”作拼死战斗的义勇军，也是“马贼盗匪”；认定抗日反帝运动是应该“杀无赦”的举动；认定工人罢工，是捣乱后方的“不法”行动；认定想脱死求生对地主剥削稍有反抗的农民都是“土匪”，应予严剿；中国一部分知识分子的左倾思想，也被认定是“反动”思想，应该严加取缔的（有一个法西头子，对我说，东北义勇军是“马贼盗匪”，左倾分子应一律予以暗杀）。总之，在国民党的中国内，抗日有罪（杀无赦！），降日无罪；反抗帝国主义有罪，投降帝国主义无罪；在东北四省拼命战斗的义勇军有罪，轻轻断送了东北四省的张学良反做了副司令和行营主任；爱国有罪，卖国无罪；反抗有罪，驯服无罪；进步思想有罪，复古运动无罪；揭发各种黑幕的有罪，对黑暗统治歌功颂德的无罪；总括一句：革命有罪，反革命无罪！在法西斯蒂国民党看来，中国的犯罪者，不亦多乎?！无怪于法西斯蒂的虾兵蟹将们，在蒋贼指挥之下，镇日夜忙个不得开交，征剿，轰炸，侦察，逮捕，审讯，监禁，枪毙，斩首，总想将中国所有革命分子杀灭净尽；即是想将中国一切进步的光明的革命的因素和力量，毁灭净尽，使中国沉沦覆灭下去，永不能自拔自救！因此，国民党的监狱中，就充满了这种革命的犯罪者了！加上中国工业倒闭，农村破产，商业凋零，国民经济总的崩溃，失业群，饥饿群，赤贫群之日益加厚，奸，拐，诈，骗，绑，劫，盗，窃，自然一天加多一天！这本是地主资产阶级国民党黑暗统治的当然结果，而国民党却以严刑峻罚，加之

于这些为生活所迫、走投无路的不幸的人们之身上！还有，国民党政府因征收“烟捐”，奖励和胁迫人民种烟；因收“特税”举行“鸦片公卖”，保护和奖励人民吸烟，现在对于无钱购买“烟民执照”的烟民，又要处以枪毙和监禁，这真是“只许州官放火，不许百姓点灯”了。以上的一批犯罪者，也成了国民党监狱广大的补充军；而且这种补充军，源源而来，永不断绝，也就支持了所谓司法官吏们典狱官吏们打之不破的饭碗！在中国百业凋零，经济破产的当中，而能“孤岛独荣”向前发展的，大概要算是监狱这一部门了吧！各地监狱，都有人满为患之苦！据国民党“伟人”们报告，全国监狱，计有囚犯七十余万人，实际上是不止这个数目，再少也在一百万人以上，这也可算是值得报告的一个伟大治绩吧！在这一百万囚人中，有百分之几十是革命的政治犯，因无统计，当然不得而知，但总不会是一个小的数目。这一百万余囚人，在黑暗，污秽，潮湿，熏臭，冬天冻冷，夏天闷热的栊子里，爬着，动着，挣扎着，生活着！饥渴，寒冷，鞭挞，屈辱，疾病，死亡，永远像影子一般，伴随着他们！他们心中的烦恼，悲痛，愤恨，恐怖，可以说是无穷尽的，只有海洋的深广，才能与之比拟吧。有哪个文学家，能够将囚人们苦痛的心情，曲折地描画出来呢？我想是很难的。监狱是苦痛的堆场，是病菌的酵室，是黑暗的深渊，是

"死之家"，是"石造的柩"，它是建筑在被统治阶级的赤血与白骨之上的。

从前，我是知道中国监狱一般的黑暗情形，但没有入过狱，还不能十分亲切地知道。这次，因我领导的错误与军事指挥的无能，致遭失败，被俘入狱，现在已历时四个月了。自入狱后，亲眼看见囚人们憔悴黄瘦的嘴脸，亲耳听到囚人们的悲叹和哀号，亲身受到一切残酷的待遇，迫得我不能不在未被法西斯蒂匪徒们残杀之前，将狱中情形，描写出来，使全国红军和革命的工农群众，知道他们同生死共患难的战友们，正在国民党监狱内，挨日子，受活罪，更加激怒起来，加紧奋斗，迅速摧毁国民党的黑暗统治，为一切被枪杀，被斩首，被活活地折磨而死的战友们复仇！

二

囚禁我和刘畴西同志等的，是驻赣绥靖公署军法处的看守所。在三个月以前，还是所谓"委员长行营"军法处看守所，因主力红军西征，蒋的行营移武汉，行营的军法处长带着他的一伙儿，也移往武汉去了。于是江西"剿赤"事业，就由蒋之亲信——顾祝同刽子手来执行了。新任军法处曹处长委下来了，他又带着他的一伙儿来接受了军法处的各部差事（国民党的官吏，都有自己亲信的一群“老人”，他们奉自己的头儿为“老上司”；“老上司”升了官，这群“老人”也跟着升迁；“老上司”调任他职，这群“老人”也是要跟着去的。例如，顾祝同是曹处长的“老上司”，曹处长又是军法处各部门新任官吏以至看守长看守兵的“老上司”，这样便形成了一个集团，一个伙儿，真像唱剧的班子，生净旦丑全有，作奸舞弊，就很顺手方便了）。在北洋军阀统治江西时，这里原就是军法处，一切危害军阀统治的分子，统抓在这里，以“军法从事”杀掉的。赵醒侬同志就在这里被杀。以后国民党军阀照旧以这里为军法处，八九年来杀了几多共产党员红军战士和工农群众，因我不能去翻阅他们的档案，自然无从知道，但总不是少数吧。由这里批准在各县杀掉的，为数更多。所以这军法处的主要作用，是屠杀、监禁那些要推翻帝国主义国民党在中国的统治的革命分子，以及“不安分”“不驯服”的工农，是残杀他们的阶级敌人的屠场，磨难一切革命者的地狱，与上海工部局的西牢作用相同。当然，这里也关押着一些其他的罪犯，然只占少数，他们终究是同阶级的人，对他们只是警戒警戒而已。他们自己的阶级同情和怜惜，自然是存在的。

三

在这军法处的系统内，共有三种组织：（一）军法处是审判机关，一切“罪犯”，都要经过它的审讯和判决的，并有权核准各县县长兼军法官杀人的呈报。（二）军人监狱，凡判决徒刑的“罪犯”，都送到这里来囚禁。（三）看守所，凡未决之囚，都送看守所管押，等待裁判。我因关在看守所，就把看守所的情形详细说明一下。

这看守所的组织，又分三部：优待号，一等普通号（即二等号），二等普通号（即三等号）。优待号，是拿来优待国民党的官吏和有资产的人。房子很宽敞，每室住一人或两人，都有玻璃窗，都用白纸裱糊过，与其说是囚室，不如说是书室。住在优待号里的人，除不能自由走出大门外，其余都如在旅馆住着一样，十分自由方便。他们可以在全看守所的围墙内，散步游戏，打球运动，在各个房子内，可以自由进出谈话，毫无限制；可以自由读书看报，可以雇用“公用兵”来服侍；可以借“公用兵”之手，与外界通信，和递送物品；可以由公馆里送饭来吃，或由饭馆包饭；可以饮酒吸烟；各人的太太，少爷小姐，都可以到室内玩个半天一天；还有用五元去吊一个妓女，冒充太太，进来开开心的。各人房内，都是帆布床钢丝床乌木桌椅摆得整整齐齐的；大箱小箧都能带进来；没事时可以开留声机唱几套散散闷；喜欢赌博的可以公开抹牌，一场输赢一二百元。所长和所内职员们，对他们十分客气；他们对所长们，也是时常送钱送物品，十分有礼貌的。看守兵们对他们更是尊敬有礼，不敢稍出不逊之言的。国民党的社会，什么地方都分成头等二等三等……的制度，在监狱内自然也是用得着而且必须施行的了。

一等普通号（即二等号）是关押一般中等社会人物和国民党军队中的连排班长和士兵们。房子较宽，每房只住八人至十人，都睡高铺。在它的总门内，各栊子里可以自由进出谈话，天晴时，每天的两顿饭，都在球场上吃，可以晒晒太阳，透透新鲜空气的。一星期内接见三次，需要的东西或信件，可以由接见的人带进来（太太不能带进来）。看守兵对待他们，虽不算怎样有礼，但总算比较和气的。看报是不准的，只准看老书，比优待号自然差得多。

二等普通号（即三等号）是最苦最糟的号子，专为囚禁共产党员或共产嫌疑犯，以及不幸被俘的红军战士。他们在国民党先生们的眼中，简直不是人，而是蒋贼每次演说时所痛骂的“衣冠禽兽”！是“愚蠢”的，是“无知无识”的，是应该受折磨的。三等号的栊子，并不算大，只够十几个人住，却要关三十余人。人挤人地睡着，你的头睡在我的脚边，我的脚搭在你的头上，就睡在栊板上，栊门整天地锁着，绝不准互相来往。所长和所内职员们，对于三等号的看管，是认为愈严愈好，“对于那班‘无知识的人’，也用得丝毫客气吗？”这是他们固定的观念。

四

现在我专来叙述三等号囚人们的生活情形。因为优待号的所谓囚人，生活很好，养尊处优，用不着说；二等号苦虽苦，还多少有点办法可想；三等号的囚人们，才真是苦极无告的。他们像落在热锅里的蚂蚁一样，辗转挣扎，死完了才算。

第一，说到他们的饭食！国民党政府，原规定囚粮每月四元五角，虽不能吃什么好菜，饭总该吃比较好一点的米。但在军法处长直接管辖之下的囚粮委员会，是不会将囚粮之款，全部用之于囚粮，而是要用各种方法，去剥取“囚余”的！“囚余”是处长额外收入的大宗之一，每月可得六七百元，都入于处长的口袋里，成为处长的私财。每人每日的饭钱，名是一角五分，实际只发一角一二分，每个囚人要不明不白的贡献三分或四分，作为“囚余”的；在优待号四十几名的囚粮，是不吃的，他们都吃公馆和饭馆送来的饭，他们的饭钱也都算在“囚余”内。囚粮之钱，除处长扣去“囚余”之外，再经过层层的手，每只手都是会掏钱向自己口袋里塞的，实到囚人的嘴里，至多只有八九分钱罢了。这正像一个难友所说的“流水的道理”——一股水由大河流到小河，由小河流到小圳，再由小圳流到田里，沿途漏去渗去了许多，实到田里，只有不多的水了。因此，囚饭是一种最下等的腐霉的坏米。饭色是黄的，稗子谷壳沙石很多，每碗饭可拣出稗子谷壳二三百个，沙石难得拣出来，吃饭时，绝不能用力去嚼，否则，包管你的牙齿要动摇！一股霉气，冲人欲呕！饭犹如此，更不能谈菜，每天两餐，都是一钵清水白菜汤，十几天都不会改变一次。八个人共一钵，只要筷子进出捞上七八回，也就只剩下一钵面上泛着几朵油花的清水了。菜只够吃一碗饭，一碗后之饭，只能用清水淘下去。开饭的时间也是不对，午饭——上午十二时开，晚饭——下午四时半开，由四时半到第二天的十二时，要经过十九点半钟的空肚，真把他们饿得做鬼叫！有一个邻号的难友，写信向我借钱，信中说：

“同志，请借几百钱给我买烧饼吃吧！我肚子真是饿得难过啊！那看守兵们烧饼油条的叫卖声，更惹得我饥火中烧的肚子咕咕地叫，这大概是国民党给予我们的一种饿刑的折磨吧！这种饿刑的苦痛，比死刑更长，更难受……”

我虽也无钱，但仍送了六张小票去（百钱一张），这六张小票，只能买十个烧饼，吃完了这十个烧饼呢？不是又要挨饿了吗？

囚人们的几个饭钱，也要横扣直扣，让别人挨饿，自己却拿着从别人口里挖出来的钱去喝白兰地，去赌博，去嫖娼，去讨小老婆，这真只有讲“礼义廉耻”的国民党要人们所能做出来之事。

第二，就谈到他们的饮水问题。似乎水是不贵的东西，应该可以喝个饱！哪知不但要挨饿，而且还要受渴。每天只上两次开水，每次每人可盛一大碗。这一大碗水，并不能全喝尽，洗面漱口，都在这一碗内。所以盛了一碗水之后，先喝几口洗洗口腔；再倒一点到面巾上，抹一抹面；剩下的就喝下肚了。一天只盛两碗水，还要洗面漱口，当然不够，于是看守兵卖水生意就做成功了。每一小洋铁壶开水，要卖铜板十六枚，有钱的可买，无钱的只好眼睁睁地受渴了。

第三，没有换洗衣服，弄得全身脏臭！在他们被捕或被俘之时，身上有几个钱或几件衣服，

全被白军们搜去剥去，所以他们入狱，统是一身褂裤；穿上几个月，都不能换下来洗一洗，试问还能不脏不臭吗？所以他们走近跟前来，总有一种怪难闻的臭味，要使人掩鼻。手，脚，面和身体，既无水洗，衣服又不能换洗，尽让他们污秽发臭，比爱惜畜生的人们的待遇猪狗还不如！

第四，新鲜空气也无权呼吸。三十几个人挤在一个狭小的栊子里，各人口里呼出来的碳酸气，身体和衣服蒸发的汗臭，三十几个人一个接一个不断的屙屎屙尿的臭气（屎桶也放在栊子里，每天可屙满两桶），以及这么多人时常放的屁臭，都散布在这栊子里，不容易散放出去，这栊子里空气的污秽也就可想而知了。他们就在这污秽的空气里生活着，呼吸着。上自所长下至看守兵，都怕到栊子门口去站一站，都怕触那股臭气。尤其是大胖子的看守长（他大概有二百磅重），他到栊门口去触了一次气，回来马上大吐大呕，病了一天未起床，自后再不敢去看栊子了。

第五，因为无钱，所以发须也不能剃。脑壳和嘴巴，都长得毛毵毵的，活像一伙野人！一直要等优待号有一二个同情者，拿三五元出来，才把他们的发须剃了去。剃头匠剃他们的头，自然是马虎得很，一天要剃七八十人的头，而剃阔人们的头，至多只能剃七八个。

第六，臭虫虱，紧随着他们不离；咬着他们日益憔悴的皮肉，吸着他们日益枯竭的血液。他们除吃饭睡觉闲谈外，就是脱下衣服来捉虫虱，捉到一只，就压死一只。但这些害虫，在此适宜的环境之下，生长率极高，除之不尽，捉之不绝，只该这些囚人们的皮肉血液遭殃罢了。同时，老鼠很多，有一次，老鼠咬去一个囚人的手指头，鲜血涌流！再则，这看守所地势很低，阴沟不泄，一下大雨，就水满一尺，囚人们若要出栊门一步，都要打赤脚过水，水退后所蒸发的秽气，同样令人作呕！

第七，精神上的屈辱苦闷更甚！在这栊子里，不准看书，不准看报，不准高声说话，不准唱革命歌。可憎的故作傲慢的脸孔，可恶的随意呼喝和斥骂，有时，还要遭打，把囚人们的人格，任意糟蹋！这种精神上的侮辱，其痛苦并不亚于身体上的摧残！

我们大家就在这样的环境里，挨过一天又一天！

据说，这看守所的设备，还算好的，各县的牢监更是黑暗，这全是事实，因为从各县解来的人，十个有九个是黄皮瘦脸，全失了人相的。

卖国巨头蒋介石，曾通电优待红军俘虏，这全是骗人的鬼话！红军对于被俘的白军士兵，基于阶级的友爱，故慰劳欢迎，惟恐不至！杀鸡杀猪，盛宴款待，开欢迎会，演革命新剧给他们看，同他们谈话演讲，引导他们到各处参观。愿留者留，不愿留者给资送走，这才算真正的优待！国民党对于它阶级的死敌—— 红军，只是磨难，屈辱与杀灭！所谓优待，就是放在牢监里，收容所（与牢监全无二样）或感化院（比牢监更压迫得厉害）来饿，来冻，来渴，来让虫咬，来病来死罢了！我们的阶级敌人，对于要推翻他们的罪恶统治的战士们，是丝毫不会讲什么“同胞”或人类的情感的，只要他们想得出来的毒办法，全会施行！

五

中国监狱的胥吏们对于囚人们的掠夺敲诈，恐怕是全世界少有的吧！他们认为囚人们的生命，捏在自己的掌心里，敲他一点钱，算是什么！这看守所也不能例外，有种种敲诈囚人金钱的办法：

第一，在处长所长默认之下，在看守长合伙之下，看守兵们公开设卡。凡替囚人买东西，一定要到卡纳税，十成抽二，有时还要多抽一点！纳税之后，再由采买兵（轮流派的）又要十成抽几，真正落到囚人手里，至多六七成，少则对折。有的心狠的采买兵，一元只买三角钱东西给囚人。但优待号的先生们买东西，可不纳税，也轻易不敢私扣，因为他们知道物价，又能同所长去说（不是报告），可以惩罚采买兵。

第二，利用囚人们难忍的饥饿，看守兵们就在外面贩烧饼，油条，面包进来卖。烧饼整批地贩，四枚一只，在牢内卖六枚一只；油条原价每根三枚，牢内每根卖四枚；面包每只三枚半，牢内每只卖六枚。优待号的先生们，简直不会吃这些东西。

第三，利用囚人们不可耐的口渴，看守兵们就乘机卖开水，每小洋铁壶的水（有时并不是开了的水）卖十六枚，在上海只卖三枚或四枚，这里却卖十六枚，差价如此之大。所内职员和看守兵们用的喝的水，就都可算在这卖水的盈余内，不必另花钱了。

第四，暗地买卖，赚头更大。有烟癖的人，买一支香烟一角大洋，一根火柴十个铜板！还有国民党区域内的鸦片烟鬼，瘾发起来，一钱烟土，三块大洋！酒鬼—— 一杯高粱酒二三角大洋不等，真是骇人听闻！我前面说过，优待号内，则可以自由抽烟喝酒，白金龙，大炮台，白兰地，威士忌大批的买进来，谁都不来过问。

因为抽税，私扣，私卖等等横财之收入，看守兵们每月除五元五角的正饷外，还可以弄到“外花钱”六七元至十余元不等。强盗世界，白昼打抢，然而这却称为执行军法的地方！

六

在这样的牢笼里，你就是一只铁汉，也要病倒！疾病是比饥渴虫虱更可怕的灾祸。在《水浒传》上写的，每个新犯都要打下几十“杀威棒”，现在，这里虽不打“杀威棒”，但疾病却比“杀威棒”厉害百倍！“杀威棒”只打得你皮破血流，疾病却使你肉消血竭！二等号的囚人，病者占百分之五十以上，三等号的囚人，病者占百分之九十几以上，不病的只有几个人而已！优待号却没有一个病的，就是有，也只是伤风咳嗽罢了。我与刘畴西、王如痴、曹仰山四个人住在一个栊子里，还得到他们的所谓特别优待，我小病了四次，刘、王、曹轮流的病了两个半月；王、曹患着厉害的伤寒症，是从死里活转来。曹病倒一个月未吃饭，聋天哑地，对面都认不到人；王也有二十余天未吃饭，病后都瘦得活像一对骷髅！有许多红军战士，入狱时，都肥胖胖的、雄生生的，不要几天就病倒了，不要几天就倒床不能起来了，再不要几天就死掉了！幸而不死，一样变成骷髅般的东西，颠颠倒倒，不能移步。在三等号中，这骷髅般的人，举目皆是，浮来漂去，苦极无告！尤其是那些病者垂死之时，呼父号母，呼兄号弟，辗转哀叫，惨不忍闻！尿屎都屙在身上和栊板上，自己就在尿屎中，爬着，滚着，抓着，摸着。没有医生医治，也没有一点水喝，就让他哀叫一二天，断气才算。中央区有几个区苏主席，都是这样磨死的，如不是亲眼看到，真不相信人世间尚有如此悲惨事！病死人，简直不算一回事，一天死三个四个，也不算什么，死一二个，那就算是好日脚了！“报告所长，某号今天死了三个，某号死了两个。”看守兵向所长报告，所长总是这样冷淡地回答：“死了就算，叫公安局派人抬去埋了就是了。”看守兵看到沉重的病者，也总是说：“这个家伙，又不是今明天的货！”死了的囚人，有时一两天没有人抬去埋葬，硬僵僵地躺在那里，成群的蝇子在尸上呼咣乱飞。处里规定埋葬一个死人，用费十二元，但公安局的卫生警察，只用六元买棺木，二元请人埋，自己却赚下四元。国民党的社会，到处都有人赚钱，真是不错。据在军医院做过事的看守兵说，国民党的兵士，死了一只，十三元的葬埋费，也只用八元了事，余下的钱，就是看护长和看护兵们的“外花钱”了。医院里死人越多，“外花钱”越多，所以看护们都愿自己看护的伤病兵多死些，自己就可发财了。因为死了一个兵，不但在葬理费内得到一笔“外花钱”，而且死兵身上剩的钱和衣服，也都归于看护们的“外花钱”项下。有一个看守兵很得意地对我说，他在抚州一个军医院当看护兵，院内每天要死伤病兵上百个，半年之间，他赚了一千余元（有一个死的官长，身上就摸到钞票五百元）。我问他那多钱存在哪里，他说，还不是嫖嫖赌赌的花完了。现在看守所内囚人们之死，“外花钱”虽不多，却也惹起看守们的眼红，他们曾向所长提议，要自己来办理这件事，以免肥水落到外人田，但所长因向例如此，不便变更，把这提议打消了。

因为病的（全是危险的传染病）死的人太多了，似乎他们也看不下去了。于是请医生来看，医生每天来一次，鼻口上戴起一块放了药的罩布，如防毒面罩一般。病人扶墙摸壁地走到医生面前站着，医生从口罩里哼出下列的问话来：“什么病？”“头痛？”“肚子不好过？不想吃？”“发烧不？”“有点作寒？”“大便通不通？”不耐烦地问完了这些话，就在药单上画洋字，无非是“阿士匹灵”“昆林丸”“泻盐”几样药罢了。一点钟内可开好四十几个单子，好不好那只看你的运命了。到底，医生还是做了一点好事，有一次，所长问医生，为什么天天诊断吃药，病和死的不见减少呢？医生说：“哪能怪我？腐霉的饭，熏臭的栊子，传染病不隔离，重病没有人照料，就是将医院搬进来，也没有办法！”所长问要怎样办才好，医生建议：“要买好一点的米，不让他们吃腐霉饭；早上放出来透一透新鲜空气；平常也不要镇天锁门，让他们在一线天的弄堂里走走；栊子里洒洒臭药水；十分病重的送去医院。”所长采纳了医生的建议（这算是所长的大功大德），果然病和死亡都减少了，现在百人中大概只有三十人是病的，也有两三天不死一人的。可见国民党的官僚们，漠视监狱卫生，草菅人命，罪大恶极！囚人一想起同伴们病死的惨况来，都觉得倒不如一枪一刀，死个痛快！

贵溪县标溪姚家（过去是苏区根据地，被敌人筑碉占领）的一个农民告诉我，他共有三个人，因反动派报告他们

为共产党员（他们不是党员，是革命的农民，担任过地雷队），同时被白军逮捕，解到抚州牢监里，就病死了两个，现只有他硕果仅存。我看他那种黄皮瘦脸的样子，这仅存的一只硕果，恐也存不了多久了。他们三人，全都有妻室儿女，他们之死，要累得那伙孤儿寡妇多受罪啊！

这些囚人们，不判死刑，也要判三年五年或十年以上的徒刑，能够挨过这么长的牢监生活而不死者，那只有钢做的汉子才能做到。

七

凡是“罪犯”进来，照例都要审问一次。审问是形式的，而作判决的根据，则是各地豪绅地主反动派罗织罪状的报告。

军法处判决罪案，当然是根据严格的阶级原则的。据军法处的一个职员告诉我，从前判罪都很重：分田委员或土地委员杀无赦！乡苏主席以上的杀！村代表或杀或判几年以上的徒刑！红军中排长以上的杀！政治工作人员杀无赦！战士们，无人控告的送感化院，有人控告打过土豪的也要杀。这样一来，被杀的就太多了。后来，因过于残杀，更会激起工农们的阶级仇恨，乃采取所谓“宽大政策”，判死刑的是较少了，都改判长期的徒刑。在这长期的囚禁中，不怕你不会病死，同是一死，却博得了“宽大为怀”的美名，计诚两得。还有不判决的，解回原地处置，在原地豪绅地主反动派报复之下，十个是有九个要处死的。

各县县长都兼了军法官，他们都是道地的豪绅或刀笔吏，他们判决革命工农的死刑，呈辞上说得生龙活现，不由你不核准。军法处共有六个军法官，每人核准各县报告处死刑的，平均每天四人，一个月就要杀七百二十人，一年就要杀八千六百余人（这只就江西一省而言）。在牢监折磨死的在外不算，实则折磨死的比枪毙斩决的，要多好几倍，国民党的杀人成绩，也可说是洋洋乎大观了。不，他们还不满足，还组织暗杀队，在各地暗杀他们认定的敌人，许多革命的知识分子，名字都上了他们的黑簿。

至于他们本阶级的人，不算犯罪，而是错误，警戒就算了，用不着惩罚。而且可以说人情，送贿赂，门门是道，有路可通。国民党要人们，口口声声不准讲阶级，更不准讲阶级斗争，实际上它正在用各种残酷的方法，去镇压杀戮它的阶级敌人—— 尤其是无产阶级的先锋队，百意周全地保护它的阶级统治和阶级利益。所谓反对阶级斗争的真意义，就是说只允许他们对我们的阶级压迫和残杀，不允许我们对他们的阶级反抗和战斗。

八

军法处的主要官吏，计有正副处长，法官，军人监狱的典狱官和看守所长。现分别言之。

前行营军法处陈处长，为一深瘾的鸦片烟鬼，是一个老奸巨猾的老官僚，极贪钱。优待号有钱的先生们，很少没有向他进贿的。贿款千元以上至二三万元不等。得了贿款，大事可化为小事，小事可化为无事。在他任内，据说得款十余万元，难道还怕无钱抽鸦片吗？副处长钱某为他有力的一个抓钱副手，钱某对于“下人们”的凶恶，自己生活的豪侈，狂嫖烂赌，无所不为的行动，闻之令人发指！这两只家伙，手里却捏住军法大权，杀人劫货，作恶多端！现在绥靖公署军法处，调来了曹某任处长，他也是一只老官僚（清拔贡出身），表面上满口的仁义道德，肚子里也是男盗女娼的，与陈某比较起来，算是“稍胜一筹”。但也是杀人不眨眼的刽子手！

法官们尽是一些坏蛋，刽子手！他们捧着蒋贼御颁的几份杀人条例，每天总有八小时拿着笔在判死刑和徒刑！除了这些“办公”之外，就是到处去敲竹杠，寻“外花钱”！

经过军法处判处徒刑的，都送军人监狱关押。军人监狱的详情，不得而知，但据一般人说，管理更严，不自由更甚，囚人们也常有反抗的举动。疾病同样盛行，每天都有二三个或三四个病死的囚尸从里面拖出来。

典狱官和看守所长，官位虽小，威权却大，在囚人中，他是个小皇帝。利用他们的地位，是可以敲钱发财。不久以前，有一个姓汤的所长，苏州人，他回去娶老婆，声说无钱，优待号的先生们，就合拢送了他二千元的婚礼！先生们既如此厚礼，哪怪所长不加倍客气呢？普通号的穷鬼们，一个大子儿都不送，又哪怪所长常来发狗威呢？至于问他们有什么才能，则他们的才能，就只适宜于做官，其他都是不成的。

军法处的官吏们，实际上不过是蒋贼指挥下的一伙盗匪贪官而已！

九

再来谈谈这狱内的看守兵和卫兵。看守兵大部分都是不愿上前线，而愿在后方“混事”的伙计。他们只有一个目的，就是赚钱！上下都赚钱，有钱就有了一切，哪能怪他们不把眼睛钻在钱堆里！他们与看守所的关系，完全是雇佣关系，你若问：“为什么来当看守兵？”他总答：“为一个月十多块钱!”这十九个看守兵，虽然干着帮助刽子手的勾当，但都是穷苦工农出身，本质不坏，若有较好的教育，他们大部分是可以转变过来的。

卫兵一连，为江西保安团派来的。生活极苦，除伙食外（每日两餐，比囚人们的伙食，好不了几倍）可得两元。又承团长的“好心”，替他们保存一元，只得一元；加上分得的伙食尾子，每月可得二元二三角。每天八点钟的站岗，一个月二百四十点钟，每点钟的代价只得铜元三枚，可谓廉矣！这两块多钱，鞋袜零用，剃头抽烟，一应在内，叫他们怎样过下去呢？怪不得他们愤恨不平，口吐怨言！若有正当的领导，倒戈哗变，是很快的。

假若这连卫兵倒过来，这个屠场，岂不要翻了过来!

十

这里的冤狱，当然很多。押在看守所一年几年不判，最后宣布无罪开释的，是常见之事！随便举几个例吧：

有一个人，系一条红裤带，被认为有赤化嫌疑，捉来看守所，关了一年，以致病死！

有一个鄱阳人，他的父亲，因一点小事被捕入狱，他看父亲年老了，自己入狱，替父出去；父出狱未久就死了，他关在看守所有了两年，还没有一点消息。

有一个万年人，出身地主，积极反共，因挂错了一张路票，关在看守所，也有了两年，这次才押回原县找保开释，大概知道他是一个地主了。

此外，还有许多，举不胜举。

一捉进这里面来，不管冤狱不冤狱，既无上诉机关，更谈不上什么赔偿，上则凭所谓“惟一首领”的喜怒，下则凭处长法官们的喜怒，以定生死！法律条规，全是杀人武器，专制黑暗，更甚于清朝皇帝！

十一

我已照实将军法处看守所的实际情形写了一点。据说，这看守所虽不算天字第一号的监狱，也在二等监狱之列，比这更坏十倍百倍的，各地都是。百万囚人就都一天天地死在这地狱之中。我们应该怎样呢？我们不能希望敌人的良心发现，不能希望敌人的仁慈、怜悯和改良，我们自己是有力量的，我们要用拼命战斗的精神，拿起枪炮去消灭卖国国民党的黑暗统治，以便连同消灭他的黑暗监狱！

起来！饥寒交迫的奴隶！

起来，全世界上的罪人！
满腔的热血已经沸腾，
作一最后的战争！
…………
…………

一九三五年六月九日晚十二时完稿

《赣东北苏维埃创立的历史》序言

房屋是谁造的？是工人造的。布是谁织的？是工人织的。衣服是谁缝的？是工人缝的。轮船火车，汽车飞机以及许多许多其他物品是谁造的？……（此处原稿残破缺字）树木花草，是谁种的？是农民种的。鸡猪鹅鸭，骡马牛羊，是谁养的？是农民养的。因此，就可知道凡人类衣食住行乐的各项东西，都是在工人的铁锤和农民的锄头跟镰刀之下创造出来的。目前花花绿绿、美丽可爱的世界，绝不是那虚无缥缈的上帝创造的（那是基督教徒骗人的胡说），而是我们拿着铁锤，拿着镰刀，结实健壮的工人农民，用自己的血汗劳动创造的。倘若没有我们工农劳动者千万年来的拼死努力，这个世界还会成个什么样儿，还不是荆棘丛生，遍地荒芜的一个荒球！然而，我们工农用血汗劳动创造出来的世界，却不为我们所有，反被那些不劳动专坐食的寄生阶级霸占去了！我们造起了高楼大厦，自己却与猪狗一起住在污秽的矮屋里；我们织就了绸缎呢绒，自己却衣不蔽体，受寒受冷；我们做出了美味粮食，自己却抱住肚子受饿；我们造出了汽车，却给太太小姐们兜风；我们造出了飞机，却只给老爷们东飞西飞的交通便利；尤其是我们造出了枪，自己却给人枪毙；我们造出了炸弹，自己却给人炸个血肉横飞。我们创造了财富，财富被他们掠夺去了，自己却成了一无所有的穷光蛋；我们创造了幸福，幸福被他们享受去了，自己反成了被

幸福遗忘了的人们。总之，我们创造了一切，一切反没有我们的份儿。落到我们身上的，只有饥饿和冻冷，愁苦和屈辱，疾病和死亡，这就算是对于我们创造者的报酬。创造者变成了奴隶，寄生虫反做了主人，别的都可忍耐，此事我们是万不能忍耐下去的。讲人数，我们是绝对的多数，他们还不当我们百分之几；讲力量，工农的拳头，伸出来碗般大，劲头足，不说是打就是吓也可以吓死他们。为什么我们多数人反被他们少数人欺压，剥削践踏呢？为什么我们被踏在他们脚下，不能翻身转来呢？讲起来，原因很多，主要的共有下列几点：

一、他们寄生阶级，就是地主资产阶级，手里拿着一件最有力的武器，这就是政权！他们为要压榨我们，统治我们，就组织起他们的政府，军队，警察和法庭，并立下许多保护他们利益的……（此处原稿残破缺字），他们就用这些武器，来施行镇压。例如：我们工人为生活所迫，起来罢工，他们的政府就用军队、警察的力量，镇压罢工，法庭可以把我们的罢工领袖，抓去判罪。我们农民，如交不起租，还不起债，衙门就会用拘票捉得去，关起来押缴。假若我们暴动起来，他们的政府，更会调用一切力量来屠杀，围剿。他们虽然是少数，但他们手里掌握了政权，就有力量来统治我们多数人。中国的地主资本家，人数比工农群众少得多，弱得多，因为他们有国民党政府，有白军警察法庭等等，所以暂时还能维持他们寄生享福的……（此处原稿残破缺字）。

二、他们在用强力压迫之外，还要利用各种方法，来进行“愚民教育”。为要巩固他们的统治，他们不要我们聪明觉醒，却要我们愚蠢酣睡，不要我们认识真理，却用死力蒙蔽真理。他们的报馆，书馆，学校，戏院，教堂，寺庙，讲演所，说书场，都是进行“愚民教育”的地方。他们一致地叫我们相信上帝，相信鬼神，相信风水，八字，命运（一切都是命定，不能强求），相信来生有福，忍受现世痛苦，相信那“礼义廉耻”的奴隶道德，相信私有财产神圣不可侵犯。用这些有毒的精神鸦片，来麻醉我们工农的头脑，使我们永世做个驯服安分的好百姓，不知道而且不敢起来反抗。

三、团结就是力量，他们是最怕我们团结的。他们用权力禁止我们集会结社，用各种毒恶方法，来阻挠和破坏我们的团结。使我们永远像一盘散沙似的散漫，以便各个打击和欺压我们，不能一致反抗。

这三大原因之中，最主要的还是因为他们政权在握。他们握住了政权，就可以用强力镇压我们；就可以自由地进行对我们的精神愚弄；就可以任意妨害和破坏我们的团结，以致形成目前少数人统治多数人，寄生虫享福，劳动者吃苦的不合理的现象。

这种不合理的现象，除无产阶级的祖国——苏联以外，现在世界各国，都是如此，中国更甚。中国的劳动阶级和农民，不但吃尽人世间的苦，而且苦到不能生存了。

然而，这种现象，是不会永久下去的。中国无产阶级的先进分子，在马克思列宁主义革命的理论和策略指导之下，早就结成了自己的战斗团体。不怕阶级敌人的屠杀和压迫，将中国共产党组织起来。这一群无产阶级的先锋队，明白了自己的地位和任务，所以，深入在中国的工农群众中间……（此处原稿残破缺字），揭破地主资产阶级的种种欺骗和愚弄，说明阶级和阶级斗争的真理，说明我们穷苦的来由，以及解救的方法，说明团结和斗争的重要，尤其是说明用武装暴动的手段夺取政权的重要。在这样宣传鼓动之下，工人阶级首先团结起来了。一团结起来之后，就表现它伟大的斗争的力量，由“二七”流血斗争，到五卅运动，到省港罢工，到出师北伐，到上海暴动，一直到广州暴动，到处都表现工人阶级是真正的彻底革命的阶级。由于共产党的领导，中国广大的贫苦农民群众，也团结起来，斗争起来。……（此处原稿残破缺字）就单独领导中国革命，继续前进，领导工人阶级的斗争，领导农民的暴动，游击战争，以进到大规模的国内战争。从广州暴动起，中国革命已进入苏维埃革命的阶段，各省农民群众蜂起暴动，开展游击战争，推翻国民党政权，建立起自己的苏维埃政权。由散在各省的地方政权，进而汇集起来，建立全国的中央政权——在一九三一年十月革命纪念节，开第一次全国工农兵代表大会，通过宪法大纲，成立苏维埃中央政府，以指导全国的苏维埃运动。苏维埃中央政府成立以后，苏维埃运动的狂潮，更在各省汹涌着。赣东北苏维埃政府，是这狂潮中的一个大浪。

从此，从前没有政权，受地主资本家任意欺压和剥削的工农，这以后因建立了自己的政权，翻转了身，把那班寄生虫打倒了！谁说我们没有力量，我们的力量，正是不可侮的。谁说我们应该永远做奴隶，我们一团结起来，就由奴隶变做了主人。我们能创造世界，我们也能把失掉了的世界夺回来。

开头，苏维埃三个字，有许多人不懂得，现在，苏区内的儿童团，都懂得苏维埃政府，是工农劳苦群众自己的政府（但在国民党区域中，这次还听到有好些人问我："苏维埃到底是个什么样的人"）。它与国民党政府根本不同。国民党政府是地主资本家军阀的政府，是不断地出卖中国投降帝国主义的傀儡政府，是造成中国民族危亡和经济浩劫的祸根。苏维埃则是工人农民民主专政的政府，是抗日反帝的组织者与领导者，是要将中国从最后的崩溃毁灭中挽救出来。它的目的，是要创成和苏联同样富强和快乐的社会主义的国家，以进到世界革命。只有苏维埃在全中国的胜利，中国民族和工农群众才能得到最后的解放，这已经是十分明白之事了。

国民党政府为要保护它的黑暗统治，为要替帝国主义瓜分中国，开辟道路，扫除障碍，就用了各种残酷和卑劣的方法，来进攻苏维埃和红军。不惜出卖中国全部，求得帝国主义的大力援助（大批的借款，大批的飞机枪炮的供给，大批的军事政治顾问的聘请，这都是公开的）……（此处原稿残破缺字）。企图将这新兴的惟一拯救中国的革命政府，消灭了去，使整个中国，都变成"满洲国"，卖国巨魁蒋介石，也就可以继溥仪之后而登基了。然而，苏维埃政府，是强有力的政府，它有英勇善战的红军，它有千百万受它指导的工农群众，它对于进攻的敌人，是要坚决抵抗的。它不像国民党政府，一个月失去东三省，十天失去热河，这次更加无耻了，只是几个日本浪人如土肥原之流，开口一吓，就轻轻地将华北的两大都会——平津让出，河北、绥远、察哈尔、宁夏等省，即黄河以北的大块领土一下子全部抛弃。苏维埃政府不会那样无耻，……（此处原稿残破缺字）抗战。在历年的战争中，把国民党进攻的军队，打得落花流水，屡次惨败。倘若不是帝国主义的不断援助，我们早已将国民党打倒了！这两个政权的对立与抗争，就构成中国全部政治活动的核心。

我是中国苏维埃运动中的一分子，在开展和巩固赣东北苏区的战斗中，在进行苏维埃的建设中，我都是用尽我所有的力量去做的。在过去，我们曾获得了不少的胜利和成绩，击败和消灭了许多顽强残暴的敌人。这次因为我们政治领导的错误和军事指挥的无能（客观的困难是有的，但都可以设法克服的），致红十军遭受怀玉山的失败，我亦因之被俘，囚禁于法西斯蒂的军法处，历时已五个来月了。何时枪毙——明天或后天，上午或下午，全不知道，也不必去管。在没有枪毙以前，我应将赣东北苏维埃的建设，写一整篇出来。我在这炎暑天气下，汗流如雨，手执着笔，一面构思在写，一面却要防备敌人进房来。我下了决心，要在一个月内，写好这篇文字，是由于下列的动机：

一、国民党政府，利用它的报纸言论机关，极力诋毁苏区，咒骂红军为“赤匪”，苏区为“匪区”，用最武断的造谣，描写苏区如何破坏，如何荒凉，如何穷困，人民生活如何痛苦，并捏造出许多全非事实的“赤匪的罪恶”，想以一手遮尽天下眼目，打断国内民众对苏区的同情。同时，对于进步的革命刊物，则绝对禁止，不准发行。然而造谣终抵不过事实，有时，在他们的报纸上又不自觉地将苏区的种种好处说了出来。如我们主力红军西征后，白军乘虚进占瑞金，就在报上发表：“瑞金，会昌，兴国等县，禾稻极好，未受

旱灾，应派军队和挨户团去割。”这一则消息，说明苏维埃注意水利的修整，只有苏区，才不受旱灾；同时，又说明国民党看苏区禾稻极好，就强盗般地去抢割。他们又发表一消息：“瑞金，会昌，宁都，兴国，石城，广昌等县，烟毒早已禁绝。”这又说明只有苏维埃才有决心和力量，禁绝烟毒，这些都是用他们的手，打他们自己的嘴巴。现在，我却要将赣东北苏维埃区域的建设情形，据实写出。不但不像他们所宣传的那样破坏，荒凉，穷困，痛苦，而且证明自苏维埃政府成立后，从百端困难中，如何去实行军事的政治的经济的建设，如何去改善工农群众的生活，如何去建立新的社会秩序。只有苏区，才是最民主最有秩序工农群众最快乐的国家。用事实去打破敌人造谣的狗嘴，用事实……（此处原稿残破缺字）把自己的国家建设得十分之好。

二、苏维埃一宣布成立，就遭受敌人的猛烈进攻。敌人通常是以数十倍兵器技术都占优势的兵力，向我苏区进攻。然而他们所得的，只是不断的溃败，苏区日渐扩大。五次战争以后，主力红军，离开原有根据地，原有苏区，虽暂被他们占领，但群众斗争与游击战争的配合，终会将进攻的军队，逐渐地消灭了去，以恢复苏区；同时新的苏区，却在创造的过程中。就是我们红十军这次受到部分的失败，也只是我们领导错误的结果，而绝不是红军之不能战斗。假若数量武器各项红军对白军的比例调转来，或红军与白军相等，或只少一二倍，那白军还能存在一天吗？这就证明凡能为群众谋利益，得到群众拥护的革命军队，虽然物质条件较差，仍能胜利；反之，残害群众，与群众作敌的反革命军队，就是有较优的物质条件，也必失败。同时，又证明国民党所谓中国无力抗日，日本进攻中国，中国只有束手听受它的宰割蹂躏，这完全是汉奸卖国贼们掩饰自己卖国投降的罪恶的谰言和诡辩。

三、赣东北苏区，处在经济落后的乡村里，又受着国民党严厉的经济封锁，得不到一点外间的经济援助；为抵抗敌人的进攻，天天都在残酷的战争环境之中，不断地受着敌人残忍的破坏。然而，我们发扬无产阶级的积极性创造性，在工业农业对外贸易各方面，都有前所未有的发展；商业因大商人逃走与经济封锁，遭到破坏，但以苏维埃商业之创立，亦足够群众的商业需要。这与国民党区域中的经济总崩溃，毫无一点办法的状况比较起来，真可以使他们汗颜！实际上中国的经济浩劫，正是国民党统治的结果，并不是什么不可避免的命运。在苏维埃统治下，不但不会有什么经济浩劫，而且可以使国民经济大大地繁荣起来。远如苏联的社会主义大建设，近如我们各苏区的经济建设，就是事实的证明。

四、在长期的战争中，许多新的强有力的工农干部，培养了出来。他们在各自被规定的任务下，发扬他们的智慧和才能，……（此处原稿残破缺字）功绩，使我至死都不能忘却。我应将他们可敬的活动和努力，记录下来，以作我对于他们的纪念，并鼓励他们前进。

五、赣东北苏维埃的建设在党中央和苏维埃中央政府指导之下，是获得许多成绩。毛泽东主席在第二次全国苏维埃大会上报告，曾称赣东北为苏维埃模范省。我们从困难中甚至从许多错误中做出来的工作成绩，虽不能自满，却应写出来告诉全国各苏维埃区域的工作同志，以供他们的参考。我们做错了的，他们不再做；做对了的，他们可效法做；遇着的困难，看看我们是用什么方法解决的。

基于上述动机，我决意要写成这篇文字，这算是我临死前的一滴努力。

因为是叙述事实，我只要忠实地写下来就得了，绝用不着一点铺扬和夸耀，我写的态度是十分诚实的。

这里要附带说明：为要延缓敌人对我们死刑之执行，以达到越狱的目的（因为一时找不到人送信出来，得不到外援，恐越狱是要成为幻想），与取得在狱中写作之不受干涉，我曾向敌人说了个谎。我说，要写一篇我从事革命斗争的经过与赣东北苏区的详情，敌人乐得甚么似的，赶快令看守所供给桌椅笔墨和稿本。他们满望从此得到一点“剿匪”材料，以便更凶恶地来摧残苏区。实在，我却利用这个机会，写成了好些文稿保藏着，以揭露国民党的阴谋。这篇文稿写成时，能够越狱更好，不能则必自杀，这篇文稿，是决不让敌人看到的。敌人是限定我八月三十一日交稿的，到了那天，我会留个字条告诉他们，我写的稿子，已经撕成碎片，丢到马桶里去了。我希望这篇稿子，能借友人之力，送到党中央。

一九三五年六月十九日下午

记胡海、娄梦侠、谢名仁三同志的死

六月五日，为中国旧历“端阳节”。承一位难友的好意，送给我四样菜，作为“过节”。我商得看守所长的同意（仍为那位难友从旁关说之力居多），拿这四样菜与刘畴西、王如痴、曹仰山同志等同吃，主要的是要借此与他们当面畅谈一次。自从敌人强迫地将我移入这阔人们居住的优待号后，我就失掉了与他们经常面谈的机会，感着十分寂寞。因我与优待号的先生们，除一二人外，其余都是格格不相入的。

菜摆好之后，刘畴西同志忽说：

“叫娄梦侠同志来，他说过今晚要同我们吃饭的。”

“娄梦侠同志是谁？”我问他。我简直没有听过这个名字。

“中央派去中央苏区做保卫局工作的，他被捕来这里已经三个多月了。”刘说。

“好好，请他来。胡海同志也请他来。”我说，我早就知道胡海同志来此一月余了。

“胡海同志吃过饭了，不必请他。”王如痴同志说。

待一会，娄同志过来了，他是一个强壮的青年，面上带着笑容。我问了他几句话，我们就一块吃饭了。几个党的斗争干部，落在敌人牢狱中，吃“端阳”饭，我心里发生了一种深沉的伤感。

四样菜中，有一个未切开的“清炖鸡”，大家都用筷子去撕。娄同志先撕下一只腿，送到刘的饭碗里。刘说：“你吃你吃。”娄说：“你吃，你只有一只手。”接着他又撕下一只腿，送到曹的饭碗里，曹说：“你吃你吃。”他说：“你吃，你也只有一只手。”（曹负伤的左手，至今未愈。）我撕下一块翅膀连头颈一起，即送到他的饭碗里，他说：“你吃，我自己来。”马上用筷子夹起要递还我，我用筷子按下去，并说：“同志，你吃了吧！”我知道，敌人对于我们做保卫局工作的同志，是杀无赦的。经我手送给他的一块鸡，怕算是最后的一次了。

饭后，我在栊门口站着，胡海同志刚就站在栊门外。他是矮小的人，满面的麻子。他自入狱后，即患肠炎症，卧在栊门外竹床上有二十余天。他因这一场重病，黄瘦得不像人相。这次，他未被病折磨而死，大概因他是农民出身，体质素强吧。他穿的衣看去十分污秽，乃是无法换洗（无衣无水）。我隔着栊塞子与他谈了十几句话。他表示愿意坚决就死。

随后，我与刘、王、曹同志放谈一切（派来监视我们谈话的看守班长，已交成了朋友），直到十点钟“收栊”的时候，我才与他们分别回来。

第三天，敌人就将娄梦侠同志提出去枪毙了！提出的时间很早，在早晨五点钟左右，我还在睡着（我每晚都要到十二时以后才睡）。过后，看守兵告诉我，才知道的。

接着娄同志死难的第二天，我才起床，就看到有八个卫兵，手持着枪，都上了刺刀，知道法西斯蒂又要杀人了。我以为是枪毙我们四个，赶快将一些零碎文稿拣好，塞入壁上脱开的裱纸里（我曾与一个人约定，我若突然被提出枪毙，他就会来此处拿取的），准备他们来提。后听到叫胡海同志的名字，知道是他临难的日子了！随即看见押着两人出去，一个是胡海同志，一个不认识，脸上也是黄瘦不成人形，并长了一嘴巴的短胡子（无钱剃头）。他们都很从容地走出去。一刻钟之后，他们就被敌人的枪弹，断绝了生命！

看守兵马上跑来告诉我："今天枪毙的，又是你们那边的两个：一个是胡海，一个是谢名仁！"

这三位同志的生平事迹，我很不清楚（除胡海同志是苏维埃中央政府的土地部长，我早知道外，后经查问，才知道娄梦侠同志是江西省保卫局长，谢名仁同志是中区兴国县委书记）。但他们临难不屈，悲壮就死，不愧为无产阶级的先锋队。

我们对这三同志的牺牲，除沉痛的哀悼外，并应认识下列两点：

（一）法西斯蒂国民党，早已疯狂地屠杀了我们成千成万的同志，与我们是势不并存！有敌无我，有我无敌，我们若不努力奋斗，迅速消灭它的统治，中国将被它卖完，同志和工农群众，将被它更大批地残忍地屠杀！

（二）这三同志的被捕，和我们一样，是有其错误原因的，如群众工作不够，没有与群众打成一片，取得群众有力的掩护；警戒敌人的疏忽，受着敌人的掩袭；肃清藏在身侧的敌人奸细和反动派，做得不彻底，使他们得以消息报告敌军等等。这些都足以为我们血的教训！

错误是遭受损失的主要根源！错误的结果，必要流我们的血！只有坚决执行党的正确路线，不懈怠地努力工作，才能取得不断的胜利。全国同志们！一致努力吧！消灭万恶国民党统治，为成千成万的被杀同志复仇!!

六月二十三日上午写

遗 信

为防备敌人突然提我出去枪毙，故我将你的介绍信写好了。是写给我党的中央，内容是说明我在狱中所做的事，所写的文稿，与你的关系，你的过去和现在同情革命帮助革命的事实，由你答应交稿与中央，请中央派人来与你接洽等情。写了三张信纸，在右角上点一点作记号。另一信给孙夫人，在右角上下都点了一点，一信给鲁迅先生，在右角点了两点。请记着记号。

请你记住你对我的诺言，无论如何，你要将我的文稿送去。万不能听人打破嘴而毁约！我知你是有决断的人，但你的周围的人，太不好了，尽是一些黑暗朋友！只要你向光明路上前进一步，他们就百方要把你拖转去两步！他们不要你做人，而要你当狗！就是你的夫人，现在也表示缺乏勇气，当然她还算是她们之群中一个难得的佼佼者。大丈夫做事，应有最大的决心，见义勇为，见危不惧，要引导人走上光明之路，不要被人拖入黑暗之潭！

晚间蚊虫咬人很厉害，你家有没有多余的旧帐子？有，即给我一床；没有，我想托人去旧衣店买一床价贱的纱帐。

即致

敬礼

高的廿元，想不到办法给他吗？

哭　声

仿佛有无量数人在我的周围哭泣啊！

他们呜咽的、悲哀的而且时时震颤的声音，

越侧耳细心去听，越发凄楚动人了！

我们血汗换来的稻麦，十分之八被田主榨取去了，

剩的些微，哪够供妻养子？……

我们牛马一般的在煤烟风尘中做做输运，奔走，

每日所得不过小洋几角，疾病一来，只好由死神摆布去了！……

跌倒在火坑里，啊！这是如何痛苦啊！

看呀！狂暴的恶少，视我们为娱乐机械，又来狎弄我们

了！……

唔！唔！唔！我们刚七八岁，就给放牛做工去吗？

金儿福儿读书，不是……很……快乐吗？

痛呀！枪弹入骨肉，真痛呀！

青年人，可爱的青年人，你不援救我们还希望谁？

似乎他们联合起来，同声哭诉。

这时我的心碎了。

热泪涌出眼眶来了。

我坚决勇敢地道：

“是的，我应该援救你们，我同着你们去……”

一九二二年五月六日于九江同文书院

呕　血

啊，什么？
鲜红的是什么？
血吗？
血呀！

我为谁呕？
我这般轻轻年纪，就应该呕血吗？
啊！是的！
我是个无产的青年！
我为家庭虑，

我为求学虑，
我又为无产而可怜的兄弟们虑。
万虑丛集在这个小小的心儿里，
哪能不把鲜红的血挤出来呢？

啊！是的，无产的人都应该呕血的
都会呕血的——何止我这个羸弱的青年，
无产的人不呕血，
难道那面团团的还会呕血吗？

这可令我不解！
我为什么无产呢？
我为什么呕血呢？

一九二二年六月二十一日于九江

血　肉

伟大壮丽的房屋，
用什么建筑成功的呢？
血啊肉啊！
铺了白布的餐桌上，
摆着的大盘子小碟子里，是些什么呢？
血啊肉啊！
装得重压压的铁箱皮箱，
里面是些什么呢？
血啊肉啊！

一九二二年八月二十九日于吴淞轮次

快乐之神

——以信代序

亲爱的冰冰（袁玉冰）：

昨从旧纸堆里，找出这《快乐之神》来，寄给你看，这是吐血后做的，我所以会吐血，就是一日二十四小时无一时快乐。

“快乐之神，
你在哪里？
我寻你好久了啊！
许多人问我年纪，
我答应‘二十二岁’。

他们都很诧异似的说：

‘二十二岁？也很出老了，活像三十二岁人。’

我拿镜子照照，不错：

脸儿黄瘦了——额上还鼓起两条很粗的青筋；

皮肤起了些皱纹；

黑发丛里，长出了好几根白发。

啊，‘老’已经悄悄地追着来了！

昨天晚上，我又吐血呀——鲜红的足足有一碗余；

吐后，全身振动个不住——像害疟疾一般，

快乐之神，

我的生命，是走到最危险的境地了！

我所以如此，

就是你不和我同在。

快乐之神啊！

可怜我罢！

来抚慰我，拥抱我罢！

我跪着请求呢！”

我且泣且诉地说了，

快乐之神，哭丧着脸远远地在空中出现了，很

忧愁地对我说：

“可怜的青年，

我何尝不愿亲就你呢？
只是在你周围的地方，
有许多许多凶狠狠的恶魔，
正在张牙露齿地杀人吃人：
看呀！遍地血迹模糊！
听呀！到处哭声哀楚！
我的胆子很小，
我怕闯入你的悲惨的世界呀！……”
快乐之神渐渐地隐灭了。
而我呢？
只得放声痛哭罢了！

一九二二年九月三十日晚于南昌文化书社

我的心

挖出我的心来看吧！

我相信有鲜血淋漓，

从彼的许多伤痕中流出！

生我的父母啊！

同时代的人们啊！

不敢爱又不能离的妻啊！

请怜悯我；

请宽恕我；

不要再用那锐利的刀儿去划着刺着，

我只有这一个心啊！

一九二三年四月二十三日

同情心

在无数的人心中摸索，

只摸到冰一般的冷的，

铁一般的硬的，

烂果一般的烂的，

它，怎样也摸不着了——

把快要饿死的孩子的口中的粮食挖出来喂自己的狗和马；

把雪天里立着的贫人的一件单衣剥下，抛在地上践踏；

他人的生命当馒餐，

他人的血肉当羹汤，
啮着，喝着，
还觉得平平坦坦，
哦，假若还有它，何至于这样？

爱的上帝呀！
你既造了人，
如何不给个它！

一九二三年四月二十三日写于南京

私　塾

“你们这班顽皮贼，等会，一个个来收拾！”一个私塾教书先生，怒气勃勃地望着他的学生们说。

登时，那些学生叽叽咕咕的谈话声，呵呵哈哈的嬉笑声，一齐肃静，个个都伏在桌上装瞌睡；微微地抬起头来，斜着眼睛，瞧瞧先生。

原来这个私塾，有十来个学生，年纪很不齐，大的有十六七岁，小的只七八岁，都是农人的子弟；里面横一张，直一张，摆了十几张抽屉桌；中堂壁上，挂着一张“至圣孔夫子神位”的牌儿；地上抛了许多花生壳，蔗渣，字纸屑……足足有半寸多深的垃圾。

这位先生：大约有五十多岁，本来是做豆腐生意的，也曾读过四年书，认识些字；平日子曰诗云，胡谈乱说，所以人替他起了一个绰号，叫做“假斯文”，现因这私塾有三十块花边的学俸，三餐两点的服侍，就弃了豆腐生意来教书。他穿着一件尺多宽的袖口的长褂，一双红花满面的镶边鞋，戴起那副老古式的眼镜，他鼻上就像树了一座“奉旨旌表”的节孝坊一般；他蓄了三绺胡须；一个短小辫儿，拖在他的背上。

这日他睡了午觉，醒转来，看见学生笑闹，就发起怒来，骂了他们一顿，随后拿了一根水烟筒，点着纸媒，缓缓地抽了二十几筒烟。

“拿字来改。”他说。

那些学生，就慌慌张张拿着他们练习的“上大人”“甲子乙丑”“云淡风轻近午天”……那些字，对着孔子位牌，都深深做了一个揖，

无声无息地将字摆在他的桌上，起首改的，是十一岁的小孩，名叫黄海的字。

“这也成字吗？”他拿着一支朱笔，一面改，一面骂：“你看这样东倒西歪，缺手短脚，糊糊涂涂一大团，简直和道士画的符一样！哪像用笔写的，是用棍子画的！”他伸出两个指头，把他的眼睛皮，着力钳了一下，说：“睁开你的狗眼去看看！”

“教你把字练好，你风吹耳边过，总是不听，非搓手不可，拿手来！”他凶狠狠地说。

黄海抖抖战战，把手搁在桌上，他用笔管，在他手背上，从头至尾，搓了一下，他“哎哟”叫了一声，赶快收转手来，放在口边，用力去吹，眼泪像泉水似的涌出来。

“上午从哪里读起？”他拿着一张纸条说。

“子……子曰：‘父母惟……惟其疾之忧’……”他哭着说。

他在纸条上，写了七个字给他认；他只认识三个，又被他用板子打了四下手掌。

他改完了字，再向孔子位上做个揖，跑到自己椅子上坐下，把口涎涂在他发烧血红的掌上，一面吹着，一面啊啊啊尽望着哭，接着那些学生改字，也依样画葫芦，钳眼睛皮，搓手背，打手掌；都痛得杀猪一般叫。

“读书!”他说。

他们就“人之初”“赵钱孙李”“子曰学而”“孟子见梁惠王”……拼死命地叫起来；但是没停很久，他们读书的声音，渐渐低下来，都“嗡嗡”像蚊虫叫一样。

“啪啪啪”，他拿板子在桌上拍了几下说：“还不拿书来背，为什么?”他们听到这种声音，比鼠子听见猫叫，还要怕些，即刻一个个都拿书去背。

他显出想吃人的样儿，拿着板子在手里，听他们背书，背错了一句，或停顿一下，那板子就铁面无情，雨点似的打下去，他们的哭声，周围人家，都能够听到。最后一个学生——方正玫背孟子到“五亩之宅，树之以桑”以下忘记了，“唔……唔……”了好久，惹了他的性起，就用一种最厉害的刑具——鸡蛋般大的黄荆树脑，打他的头，把他打眩了半个多时辰。三三五五，一群孩子跑出来，这个私塾已经放学了。黄海轻轻地对他的同学说：“我们不晓得犯了什么事，才到这个监牢来受折磨，哪里有我们放牛的那样快乐?”他们都点点头，像很赞成他的话。斯时黄金色太阳的光，照着他们，他们黄瘦而且忧愁的脸上，那两条很长的泪痕，越发显明出来。

一九二一年十一月十二日于九江南伟烈大学校

谋 事

在这样火一般热的太阳光下，谁也不愿光着头皮在街道上行走，可是他——一个苦学生——竟怀着他从校长跟前请求来的一张介绍名片，草帽也不戴——也许是没有草帽罢——午饭后，匆匆地出外去了。

他去找一位牧师。

他走到大马路上，遇着电车，就跳上去坐下。电车上卖票的斜睨了一眼，立刻就用一种傲慢的命令的声音喊他：“买票！”

“到吴淞路多少钱？”

“四个铜子。”

“四个铜子吗?”

“快点！谁有闲工夫和你谈话?”他听到这话，心里好不难受，想和他辩论，又怕受辱。到了车站，忍气吞声地跳下车来。

他问了一家基督教会的报馆；又问了两所医院，才问到他所要找的那位牧师的房子。只是他用极谦恭的态度去问那报馆的号房，医院的看护妇，他们打量他全身一下，就都用那电车上卖票的一般的态度去回答他，这件事使他深深地疑惑起来。

牧师是住在一所美以美会办的医院的花园里，他那间两层的精美的房屋，早给那些红的绿的花草儿包围住了；矮矮的深绿的冬青树，在那条直达房门的马路两旁，一排一排地站着；尤其是门口栽的两株白栀子花，放出馥郁的清香，扑入鼻孔。

他按了一下铃，仆人出来应门，他说明了要会牧师，仆人才引他到一间完全欧美化的客房里去。仆人叫他坐下候着，自己通知主人去了。他向周围一望，华丽的装饰，雅洁的布置，真是基督教化的家庭啊！

好久，那四十余岁、穿着西装的牧师才走出来。他看他，很惊愕地问他：“啊！你是谁?”

“我是李某。”他站起来说。

“找我干什么？”

“我是从A校来，钱校长给我介绍到此。”他忙从袋里拿出那张介绍片来，极郑重地递给牧师，牧师一面接着，一面说：“那么，请坐罢！”

牧师看后，坐在一把安乐椅上，说：“啊！原来你想谋事，那可很难！”

“我并没有什么奢望，只能找个尽够生活的工作就满意了；我还想一面读书……”

牧师接连摇摇头，“很难很难！此地找事，全靠路子，没有路子，光有本领也不成。但是你为什么不在A校读书？A校是我们教会顶好的学校。”

“唔，好是好，”他勉强说出个好字来，其实他对于A校是深恶而痛恨的了；他在A校一年，学问没得什么，肚皮里却装满了那饭桶教员和一无所知的牧师们的闲气，“可惜我家供给不来。”

“那里仅需九十块钱一年吧？”

“何止，至少也需一百二十块钱，我农田人家，哪里得此巨款啊，先生以前不是在某印书馆办事吗？”

“是的。只因那里月薪一百八十元，不够用度，所以才来当牧师。这里虽然月薪只百五十元，但房子不要租钱，每月倒可省下数十元来。”

“印书馆能找点工作吗？”

“不能。”

他痴了一会，牧师也去弹指甲玩；同时坐在里间一张洋台子上写英文的打扮得和美国女学生一样的小姐，也偷望他一眼。但伊急急地转回头去，好像他是不值得伊的青盼似的。于是他更奇怪起来，把全身自己审查一番，究竟有什么地方使人讨厌，最后，他才发觉了，——他穿了一件粗糙不堪的夏布长褂，和一双乡式的布鞋啊！他微微地笑了一笑，牧师突然地说：“你在这里有亲戚没有，带了多少钱来？”

“没有亲戚，只有几个朋友，钱早给做盘缠用掉了。”

“那么，你很危险，将来怕无饭吃呀！”

他这时真是如坐针毡了，垂头不言，牧师早现出不耐烦的样子来。他于是起身告辞：

“我走了，倘若有机会，还请先生栽培！”

“那自然的，顺水人情，谁不愿做，何况你是我朋友的学生？”

一九二二年七月十八日

图书在版编目（CIP）数据

可爱的中国 / 方志敏著. -- 杭州 : 浙江教育出版社，2023.12
（语文教材选篇作家作品深度阅读系列 / 张明舟主编. 方志敏爱国主义散文）
ISBN 978-7-5722-6839-7

Ⅰ. ①可… Ⅱ. ①方… Ⅲ. ①散文集－中国－现代 Ⅳ. ①I266

中国国家版本馆CIP数据核字(2023)第216554号

责任编辑 陈德元　**责任校对** 寿临东
美术编辑 曾国兴　**责任印务** 曹雨辰
封面插画 张晓明　**内文插画** 张晓明
封面设计 乐读文化

语文教材选篇作家作品深度阅读系列
方志敏爱国主义散文　可爱的中国
FANGZHIMIN AIGUO ZHUYI SANWEN　KEAI DE ZHONGGUO
张明舟　主编　方志敏　著

出版发行 浙江教育出版社
（杭州市天目山路40号　电话:0571-85170300-80928）
激光照排 杭州兴邦电子印务有限公司
印　　刷 浙江新华印刷技术有限公司
开　　本 890mm×1240mm　1/32
印　　张 4.875
字　　数 97 500
版　　次 2023年12月第1版
印　　次 2023年12月第1次印刷
标准书号 ISBN 978-7-5722-6839-7
定　　价 28.00元